# 政略結婚の夫に「愛さなくて結構です」と宣言したら溺愛が始まりました 2

杓子ねこ

ビーズログ文庫

イラスト／NiKrome

## contents

マルグリット・
クラヴェル
クラヴェル伯爵家の長女。
母が亡くなって以来、
美貌の妹と比べられ
実の家族に虐げられている。
妹の身代わりとして、
長年の天敵である
ド・ブロイ公爵家に
嫁ぐことに。
ルシアン・
ド・ブロイ
ド・ブロイ公爵家の次期当主。
美しい外見だが
人を寄せ付けない雰囲気を持つ。
敵対するクラヴェル家との
政略結婚に反発し、
マルグリットに関心を
示さなかったが
……？
政略結婚の夫に
「愛さなくて結構です」
と宣言したら
溺愛が始まりました

# Character

**ニコラス・メレスン**
メレスン公爵家の次期当主。ルシアンの友人。何かにつけてルシアンから相談を受けている。

**シャロン・ミュレーズ**
ミュレーズ伯爵家の令嬢。マルグリットの幼なじみで、明るく優しい性格。マルグリットのことを見守っている。

**ノエル・フィリエ**
リネーシュ王国の第三王子。影の薄い王子のようにふるまっているが、実はなかなかの曲者。

**ヴィオラ・シェアライン**
カディナ王国の第三王女。自称"ノエルの婚約者"。マルグリットをノエルの愛人だと勘違いし、リネーシュ王国まで乗り込んできたが……。

**アンナ**
ド・ブロイ公爵家の侍女。ルシアンの母・ユミラに命じられ、マルグリットをイビろうとしていた。今では、よき侍女としてマルグリットに仕える。

**エミレンヌ・フィリエ**
リネーシュ王国の王妃。王家きってのやり手と噂される。クラヴェル家とド・ブロイ家に縁談を命じた張本人。

# プロローグ✦夫の愛が深すぎます

宮殿(きゅうでん)の大広間は、虹色(にじいろ)の煌(きら)めきで彩(いろど)られていた。

今宵(こよい)は第三王子ノエル・フィリエ殿下(でんか)の誕生日を祝う晩餐会(ばんさんかい)。国じゅうの貴族が集まり、そこかしこで噂話(うわさばなし)を囀(さえず)りあう。

ただし、人前では常にエミレンヌ王妃(おうひ)の陰(かげ)に隠(かく)れるノエルは、貴族たちから見れば目立たぬ存在だ。

それよりも注目の的は、ド・ブロイ公爵(こうしゃく)夫妻。

父アルヴァンから爵位(しゃくい)を譲(ゆず)られたばかりの若き公爵ルシアン・ド・ブロイ。その妻で、同じく父モーリス・クラヴェルからクラヴェル伯爵(はくしゃく)位を譲られたばかりのマルグリット・クラヴェル・ド・ブロイ公爵夫人。

リネーシュ王国の南の国境を守っていたド・ブロイ公爵家とクラヴェル伯爵家は、長らく競争心から対立しあっていた。その対立が国益を損(そこ)なうことを案じた王家によって、両家に強制的な婚姻(こんいん)が命じられた、とここまでは誰(だれ)もが知っている。

わからないのは、ルシアンとマルグリットの結婚(けっこん)後わずか半年足らずで両家ともに当主が交代し、いまやド・ブロイ公爵夫妻はふたりあわせれば国内最大の領地と資産を持つ貴族となったこと。

　そこにいったい誰のどんな思惑が隠されているのか――それをさぐるのが、晩餐会に集った貴族たちの使命といってよかった。


「お久しぶりですな、ルシアン殿。ああ、いえ、公爵閣下」

「お久しぶりです、リイド伯爵。呼び方はこれまでどおりで結構ですよ」

「いやあ立派なものだ。本当に、娘を嫁がせられなかったことが悔やまれますよ」

「お父様ったら、そんなふうにおっしゃるものではありませんわ」

「どうでしょう、私は今でも娘をあなたにさしあげてもよいと思っているのですが……」

　きゃっと弾んだ声をあげてルシアンの腕をとろうとした令嬢は、凍りつくような視線にぶつかって笑顔を消した。勘違いでなければ、ルシアンの表情に浮かぶのは静かな怒りだ。そんな様子を、マルグリットが戦々恐々と見つめている。

「おふたりとも、俺の妻へのご挨拶がまだのようですが……？」

　地を這うようなルシアンの声に、伯爵とその娘はぴっと姿勢を正した。

「えっ⁉　あっ、はい！　申し訳ない。マルグリット夫人も、お変わりなく」

「マ、マルグリット様、お久しぶりでございます！」

「ごきげんよう、リイド伯爵。ステファニー様」

礼を受け、マルグリットも優雅に礼を返す。だが内心は、

（ごごごめんなさい……!!）

と平謝りだった。

彼らは、マルグリットが嫁いだばかりの披露目の晩餐会で、同じようにルシアンの結婚を惜しみ、令嬢のほうはルシアンの腕をとって隣に並ぶことすらした。そのころのマルグリットはルシアンとの関係が完全な政略結婚であると信じきっていたために、そういったふるまいを止めなかった。

半年たった今でも、彼らが政敵の家の娘だとマルグリットを蔑み、同じような態度をとるのは当然だ。だが、すでにマルグリットをとりまく環境は大きく変わっている。

「ははは……これは失礼をした。王家の御前です、仲睦まじく装わねば——」

「いいえ」

演技なのだろうと言いかけたリイドを遮り、ルシアンはマルグリットを抱きよせる。

「俺は妻を愛しています。妻を軽んじる態度は許せない。次にお会いしたときはそのことをお忘れなきよう」

今度こそルシアンの本気を悟った彼らは、神妙に頷くとそそくさと退散した。これ以上はルシアンの怒りをつのらせるだけだと気づいたからだ。

「ル、ルシアン様……！　またお会いしましょう、リイド伯爵、ステファニー様！」

ルシアンの腕の中から抜けだし、マルグリットは去っていく父娘へ礼をした。

ちなみにルシアンが無礼な貴族を撃退したのはこれで三度目である。ひとつ前の貴族は、厭味たっぷりに「ド・ブロイ家は王家に取り入るのがお上手ですな。政敵の妻を娶って、これからどうされるので？」と尋ねてきたのだが、ルシアンから「しばらくは思う存分に妻を甘やかそうと思います」と真顔で返されてぽかんと口を開けていた。

周囲を気にしながら、マルグリットはルシアンの礼服の裾をつまむ。

「ルシアン様、あんなふうに言う必要は……」

「ある。ああでもしなければ俺の本心が伝わらない」

そんなことはない、とはマルグリットにも言えなかった。現に、マルグリットへの礼を求められてなお、リイド伯爵らは体面上の問題だと受けとっていた。

（わたしが無礼な態度を受け入れてしまっていたからだわ）

彼らが勘違いした原因が自分にもあると思えば、申し訳なく感じてしまう。

「……また自分のせいだと考えているな？」

うつむきかけた頬を両手で挟まれ、上を向かされて、マルグリットはぱっと顔を赤らめた。ルシアンは長身を屈め、マルグリットの瞳を覗き込む。深海の宝石のようなルシアンの瞳に、鼓動は勝手に速くなる。

けれども、ルシアンの眉は力なくさがり、

「これは俺の責任だ。俺が君をないがしろにしていたから……」

言いながら、表情は曇ってゆく。しゅんと肩を落とす様子は叱られた仔犬のよう。結婚当初、思い込みでマルグリットに冷たい態度をとったことは、ルシアンの中で反省してもしきれない後悔になっている。

「い、いいえ、わたしにはもったいないくらい大切にしていただいていますから」

そもそもマルグリットはルシアンやド・ブロイ家の人々の態度をまったく問題にしていなかった。実家で手ひどい扱いを受けていた彼女にとっては、雨漏りのしない小部屋と一日三回の温かい食事、趣味の時間が認められているだけで天国だった。今、豪奢な部屋を与えられ、選ぶのに困ってしまうほどのドレスや装飾品を持ち、ルシアンとともにシェフが腕によりをかけて作った食事をとっているほうが信じられない暮らしなのである……という話も、口に出すとルシアンが怒りの形相になるので言えない。

それよりは、とマルグリットは頬を包むルシアンの手に自分の手を重ねた。

互いの左手の薬指には、ルシアンが選んでくれた結婚指輪が輝いている。マルグリットの憧れだった海をモチーフにしたもので、中心の青サファイアにアームの曲線も美しい。

「ルシアン様がわたしのことを愛してくださっているって、よくわかっています。わたし、とても幸せです」

まっすぐに夫を見つめて告げれば、ルシアンは軽く目を見開き、それから顔を赤くして視線を逸らしてしまう。

「そうか。……それならいい」

頬に添えられていた手が離れた。と思ったらその腕は腰にまわった。

「俺も君への愛情が周囲に伝わるよう努力する」

今度は使命を得た大型犬のように見える、とマルグリットは思った。先ほどよりも密着されて、反応に困るものの、ルシアンの気分は落ち着いたようだ。

ほっとして周囲を見まわしたマルグリットは、なんともいえない目でこちらを見つめているニコラスを認め、小さな悲鳴をあげた。ニコラスの隣にはシャロンもいる。

「ニコラス様！　シャロンも！」

いっきに赤くなった頬を両手で覆うマルグリットに、ふたりは苦笑いを浮かべた。

「ごきげんよう、ルシアン様、マルグリット」

「やあ。ふたりとも元気そうでよかった。というかルシアンはちょっと面倒くさくなった感じがするけど大丈夫かな」

「素直になれと言ったのはお前だぞ」

「素直すぎない？」

ニコラスの軽口にルシアンはむすりとした表情を返す。

ニコラスはメレスン侯爵家の次期当主であり、幼いころからルシアンと交友があった。ともに並ぶシャロンはミュレーズ伯爵家の令嬢で、実家で虐げられていたマルグリットを心配し、ルシアンとの結婚を最もよろこんでくれた。

互いに無自覚すぎる親友の恋路を応援するため、ニコラスとシャロンは情報交換をくり返し、今ではこうして晩餐会で隣を歩く仲にもなっている。

ルシアンに愛情表現をしろとけしかけたのはニコラスだ。ルシアン・ド・ブロイといえば、容姿は端麗だがどこか冷酷な印象で、近寄りがたさがあったものだ。

それが、マルグリットを伴った彼は今のように頬をゆるめ、愛おしくて仕方がないというように妻を見つめてエスコートしている。そんなルシアンへ、実は結婚前よりも令嬢たちからの熱い視線は増えているのだが、ルシアンの視界に彼女らは映っていない。

マルグリットに想いを伝えられず頭を抱えて唸っていたルシアンを知るニコラスには、その変わりっぷりは驚くほどだし、

(……いい加減、奥方を離してやったらどうなんだ)

ルシアンに抱きよせられながら縮こまっているマルグリットを見れば、自分のアドバイスのせいなのかと責任も感じる。

ぽん、とわざとらしく手を打ち、ニコラスはルシアンに向きあった。

「そうそう、ルシアン。新しい事業を始めるのにド・ブロイ領の港を使わせてほしくてさ」

「港があいていればかまわん。父上に確認しよう。今度うちへきてくれ」

「ありがとう。それからド・ブロイ領へ視察に行くことはできるかな」

「そうだな、収穫の時期は役人も忙しくなる。そのあとならいいだろう」

ニコラスと話すうちに、マルグリットを抱きしめていたルシアンの腕がわずかにゆるむ。

「ルシアン様、マルグリットをお借りしてもよろしいでしょうか？」

紳士どうしが商談に花を咲かせるなら、淑女どうしも楽しくおしゃべりの時間だ。

シャロンの問いかけにルシアンが「ああ」と頷いたので、マルグリットはそっと夫の腕から抜けだした。周囲に親密さをアピールするためならともかく、親友の前でむぎゅむぎゅと抱きよせられているのは気恥ずかしい。

「あちらにおりますわ」

　にこやかにほほえむシャロンは、マルグリットの離れる一瞬、ルシアンが残念そうな顔をしたのを見逃さなかった。

　給仕から飲み物のグラスを受けとってマルグリットにも渡し、シャロンは感嘆のため息をついた。

「愛されてるわねえ」

「ひ、否定はできない、と思うわ」

真っ赤になってしまうマルグリットにシャロンはくすくすと笑う。

「まあ、ルシアン様が必死になるのもわかるのよ」

もとよりルシアンは社交的な性格ではなく、マルグリットに至ってはほとんど社交の表舞台に出てこなかった。話しかけようにも気軽にとはいかない。周囲の貴族たちからは、ちらちらと控えめな、けれども獲物を狙う獣のような視線が向けられている。

貴族たちへの牽制と同時に、マルグリットにルシアンの愛を自覚させる効果もあるのだから、やりすぎなくらいでちょうどいいのかもしれない。

「あなたたちが王家の覚えめでたい存在になったのはたしかだからね。どう取り入ればいいのか、皆さぐっているのよ。わたしやニコラス様にまで声がかかるのよ」

そう話しているうちにも、マルグリットとシャロンの前に人影が立った。歳は三十のころだろうか。笑顔を作ってはいるがまぶたの奥の瞳は狡猾そうに瞬いている。

男は胸に手をあてて目を細める。

「マルグリット様とシャロン様とお見受けします。本日はぜひおふた方とお近づきになる機会をいただければと思っておりました。私――」

だが、男の台詞は肝心の名を名乗る前に途切れた。

気づいたときには、マルグリットはルシアンの腕の中へ、シャロンはニコラスの背に庇われて、隠されてしまっていたからである。

「俺の妻になにか？」

ルシアンの深く暗いまなざしに見下ろされ、男は「ひっ」と声をあげた。

「いきなり名を呼ぶとは少々無作法ではありませんか。ド・ブロイ夫人と、そう呼ぶのがマナーでしょう。ああ、貴殿の顔は見覚えがありますね。母の晩餐会にもお越しくださっていた。たしか、名はフォンベルト子爵――」

「い、いいえ、失礼いたしました。わたくしの名など捨て置いてください！」

脱兎のごとく立ち去る男の背をしぶとく睨みつけるルシアン。そのルシアンと腕の中でうろたえているマルグリット。そんなふたりを半眼で見つめるニコラスとシャロン。

「お前ずっとこんな感じなのか、ルシアン」

「なにがだ」

「まあ、そのうち慣れる……かな？　慣れたら落ち着くか？　新婚ほやほやの、今が一番盛り上がってるときだもんな」

どうやら無自覚に周囲を威嚇しまくっているらしい親友を眺め、ニコラスは呟いた。

祝賀の挨拶に訪れたルシアンとマルグリットを見つめ、エミレンヌはにっこりと笑顔を作った。

　広間の誰からもよく見えるよう一段高くされた壇上には、エミレンヌと、この晩餐会の主役である第三王子ノエル・フィリエ、そして国王ジョルジュ・フィリエが座る。ルシアンの公爵位とマルグリットの伯爵位が同時に叙任された際、ふたりは国王ジョルジュに会っている。柔和な表情で、口数の少ない王だった。

「本日はおめでとうございます、ノエル殿下」

「わたくしたち臣下もよりいっそうの忠誠を誓い、王家に尽くす所存にございます」

「ありがとう、ふたりとも」

　頭をさげ、祝いの挨拶を述べるルシアンとマルグリットに、ノエルは頷いた。

　人目のあるときのノエルは、表情が少なくどこかぼんやりとした印象の、影の薄い王子に徹している。だがその裏で王家のために暗躍していることを、ルシアンとマルグリットは身をもって知っている。

　御前をさがろうとしたふたりをエミレンヌが引きとめた。

「いろいろ大変だと思うけど、がんばってね。応援しているわよ」

「はい」

「ありがたいお言葉です」

　直々にいたわる言葉をかけられ、再度頭をさげる。

（わたしたちに配慮してくださったのだわ）

含みを持たせた物言いは、王家とルシアン、マルグリットの仲を勘繰る貴族たちに向けてのちょっとした皮肉だ。もしかしたら先ほどのやりとりを見られていたのかもしれない、と思えばまた顔が赤くなってしまう。

顔をあげると、エミレンヌが扇の向こうからウィンクを投げてきた。ノエルも表舞台ではめずらしく、くすくすと声をあげて笑っている。

……たぶん、そういうことだ。

「では、またいずれ」

顔を赤くしたまま御前をさがるマルグリットは気づいていなかった。

王家の居室につながる奥の廊下の扉が薄く開き、その様子を見つめる人影があることに。

ノエルへの挨拶をすませたルシアンとマルグリットは、早々に人の多い広間を出て、庭園を歩いていた。石畳の道は両側を薔薇の茂みが挟み、夜の闇を抜けて芳香が届く。ところどころにランプが灯されているとはいえ、あたりは薄暗い。

美しい庭園から隣を歩くルシアンへと視線を移し、マルグリットはどきりと鼓動を高鳴らせた。

目を細め、マルグリットを見つめるルシアンは、口元に微かな笑みを浮かべていて。

彫刻のように整った顔立ちと闇に溶けてしまいそうな黒髪は一見冷たく感じられるの

に、マルグリットの前でだけ、その表情はまったく異なったものになる。

「座ろうか」

「は、はい！」

「どうした？」

「いえ……」

マルグリットは首を振り、ルシアンの手をとるとベンチに腰かけた。赤くなった頬は夜の闇が隠してくれた。

まさか結婚して半年もたつ夫の顔に見惚れて声がうわずってしまったなどとは言えない。

「実は、もう一度ド・ブロイ領に行こうかと思っている。もちろん、クラヴェル領も」

「もう一度、ですか」

重なったままの手を握られて、マルグリットの心臓がまた騒がしくなる。隣に腰をおろしたルシアンもなぜか目を泳がせて、なにかを考え込んでいるようだ。

やがて決意を固めたかのようにルシアンの唇が開かれる。

「そうだ。そこで、君との、けっ――」

カツン、とヒールが石畳を踏む硬質な音が、ルシアンの言葉を遮った。

視線を向ければ、銀の髪をなびかせ、蜂蜜色の目をした美しい少女が足音高く近づいてくるところだった。その後ろからは侍女らしき女性が慌てた顔で追いかける。

少女の年齢はマルグリットよりも下だろう。けれども歳に似合わぬ堂々とした態度が、彼女が高位の存在であることをうかがわせた。

「やっと見つけたわ、マルグリット・クラヴェルね」

（あれは……シェアライン王家の？）

少女の胸元を飾るブローチに隣国カディナの王家の紋章が刻まれていることに気づき、マルグリットは反射的に立ちあがった。ルシアンと握りあっていた手が離れる。

「はい。お初にお目にかかります。マルグリット・クラヴェル・ド・ブロイと申します」

ルシアンもベンチから立ちあがり、礼をした。

「ルシアン・ド・ブロイと申します」

そろって頭をさげるふたりを、少女は厳しい視線で見据えた。伏せたままのマルグリットの表情に緊張が走る。

カディナはリネーシュ王国に南接する国で、つまりはド・ブロイ家とクラヴェル家が日々その国境を守っていた相手国なのである。

和平条約が結ばれたとは聞いていたが、これほどに素早く王族の訪問があるとは思っていなかったし、実際それは知らされていなかった。なのになぜか向こうはマルグリットを認識しており、しかも態度は穏やかではない。

「顔をあげなさい」

困惑するルシアンとマルグリットに、少女はつんと顎をしゃくった。その国章の刻まれたブローチを誇るように胸に手を置くと、高々と宣言する。

「わたくしこそは、カディナ王国第三王女にしてノエル様の婚約者、ヴィオラ・シェアラインよ！」

「ノエル殿下の……？」

それもまた、聞いたことのない情報だ。少なくとも貴族たちに正式に周知されたものではない。

「あなた」

閉じた扇でマルグリットを指し示し、ヴィオラは眉を寄せた。

「あなたがノエル様の愛人ね？」

「ええええええっ⁉」

思わず大きな声を出してしまい、マルグリットは口元を押さえる。はしたない仕草にもヴィオラは気にした様子もなく、「まあ白々しい」と唇を尖らせただけだった。

「調べはついているんだから。リネーシュ王国のド・ブロイ家とクラヴェル家といえば犬猿の仲。結婚式も粗末なものだったそうじゃない？　ただの政略結婚であることは明白でしょう」

それは今日、遠まわしに何度も向けられた言葉だ。結婚は体面上のものなのだろうと。

そこに愛などないのだろうと。

マルグリットはそれを自分のせいだと思ってしまった。

だが、ノエルとのありもしない関係をさぐられれば、反論したくなるルシアンの気持ちもわかるというもの――。

そこまで考えたところで、マルグリットはぎくりと身体をこわばらせた。ヴィオラも自分を抱きしめるようにしてあたりを見まわす。背後に控えた侍女も顔を青ざめさせた。

「……なに？　急に寒くなってきたわ」

マルグリットはおそるおそる隣のルシアンを見上げた。一見冷静な表情は感情を読ませないが、マルグリットには彼の機嫌がよろしくないことが察せられた。

「ヴィオラ・シェアライン王女殿下。ひとつ申しあげておきます」

低い声で名を呼ばれ、正面からルシアンの瞳を見て初めて、ヴィオラは彼を包む怒気に気づきたじろいだ。

ルシアンの手が硬直していたマルグリットの腰を引きよせる。胸の中によろめくマルグリットを抱きしめ、ルシアンは亜麻色の髪に唇を落とした。

「妻が愛しているのは、俺です」

（やっぱり怒ってますよね――⁉）

内心で叫んでしまったものの、狼狽を顔に出すわけにはいかない。マルグリットはルシアンの胸に頭をあずけて自分からも身を寄せた。

「そ、そうです。わたしが愛しているのは夫のルシアンです」

「あなたの主張は俺と妻の名誉のみならず、ノエル殿下の名誉にも関わる問題です。事実確認を求めます」

ルシアンの言葉にヴィオラは唇をわなわなと震わせた。眉は寄り、頬は紅潮している。

「われわれはノエル殿下が婚約したというお話も聞いておりません。もしそれが虚偽であるならば――」

「虚偽じゃないわ！　叔父様がそうおっしゃったんだから！」

「だとしても正式に発表されていない情報は言いふらすべきではありません」

「うるさいうるさい‼　だいたいその女のせいじゃない――！」

激昂したヴィオラは声を荒らげ、閉じた扇を振りあげる。覚えのある体勢にハッと息を呑んだマルグリットはルシアンの腕から抜けだそうとするが、しっかりと抱きしめられた身体は離れない。

（このままでは、ルシアン様に扇が――！）

せめて、とルシアンを庇うように両手をかざした、そのときだった。

「――ヴィオラ王女！」

鋭い声に、眼前へと迫っていた扇はぴたりと止まった。

「こんなところにいらっしゃったのですか。どうしたのです？」

「あ……」

先ほど聞いたばかりのその声にマルグリットは肩の力を抜いた。

庭園の小径にたたずむのは、ノエルだ。直前のふるまいなど見ていなかったという顔で尋ねているけれども、それが方便であることは察せられた。

「あの、その……いいえ……」

ヴィオラは顔を赤らめ、眉を寄せて、しどろもどろになっている。

「ルシアンがなにか言いましたか。この男は奥方に惚れ込んでいて、ほかの女性は目に入らないのですよ」

さりげなくルシアンとマルグリットの仲がほんものであることを匂わせ――かつヴィオラの側からちょっかいを出したのだろうと指摘されて、白い頬はますます赤く染まった。

「……わたくし、この方に興味などありません」

「ヴィオラ殿下！」

くるりと背を向けると、足音を響かせてヴィオラは立ち去ってしまった。侍女がそのあとを追う。

「ごめんね。ちょっと王家でも想定外で」

ヴィオラには聞こえないよう声をひそめ、眉をさげて片目をつむると、ノエルも背を向ける。庭園には、静寂が戻ってきた。

嵐のようにやってきていなくなってしまった王女に、ルシアンはため息をつく。

「大丈夫か」

「はい。わたしはなにも」

むしろ、あのノエルが困った顔をしていたことに驚いてしまった。

隣国の王女であれば本来は国賓として晩餐会の中心となるべき人物だ。にもかかわらず彼女が紹介されていないのは、訪問自体もだいぶ無理を言ったものだったのだろう。

親族が結婚の算段をしているうちに、令息令嬢がその気になってしまうというのはよくあることだ。リイド伯爵にしてもそうだし、マルグリットの妹イサベラもノエルの穏和そうな笑顔に期待をつのらせた。

社交界でこうした揉め事はよくある。避けるには、主張すべきことは主張し、体面をたもつこと――つまりは、ナメられないことだ。

このくらいいなせるようにならなければ、ド・ブロイ家の妻は務まらないのだ。

「次からは、もっと堂々といたします」

そう己を鼓舞しつつルシアンから離れようとして、マルグリットは首をかしげた。

ルシアンの腕が、がっちりと腰に巻きついたまま、離れない。

「あの、ルシアン様……？　もういいのではないでしょうか」

「もういい、とは？」

ヴィオラも姿を消し、人影はない。見せつけるべき相手は誰もいない。

「その、仲睦まじいふりをしなくても……」

「……ふり？」

すっとルシアンの気配が重たくなった。腕は離れるどころかよりいっそうの力を込めてマルグリットを閉じ込める。

（わっ！）

爪先が宙に浮いた、と驚いているあいだに、マルグリットは抱きあげられていた。

「帰る」

「え、こ、このままですか⁉」

「俺が言ったことを、疑惑を避けるための出まかせだと思っていたのか？」

「出まかせとは思っていません！」

「君も俺を愛していると言っただろう」

「言いました」

「ならそのことを皆に示さなければ」

軽々と横抱きにしたマルグリットの頬に口づけを落とし、ルシアンは広間に戻っていく。

（ひ、ひえええええっ⁉）

集まった貴族たちの注目を浴びながら、ルシアンは悠々と辞去の挨拶をした。

わずかにゆるんだ口元が、ルシアンの内心を表していた。ヴィオラの誤解を解こうと必死に告げた情熱的な愛の言葉は、ルシアンを浮かれさせたようだ。なのにマルグリットが余計なことを言ったせいで、彼の心にさらに火がついてしまった。

広間の中央では壇から降りたエミレンヌが笑いをこらえながら手を振っていた。その隣にノエルの姿はない。

(ヴィオラ殿下を説得しているのかしら――)

マルグリットが意識をたもっていられたのは、そこまでだった。

ニコラス・メレスンがド・ブロイ家の応接間にいるのは、すでに見慣れた光景といってよかった。結婚当初のルシアンがマルグリットへの接し方に悩んでいたとき、友人である彼は幾度となくこの家を訪れてルシアンを励ましたから。

ただし、今日は様子が違った。

ルシアンの悩みをニコラスが聞くのではなく、うつむくニコラスの正面に、ルシアンとマルグリットが座っている。

「シャロン嬢に会わせてほしい……！」

「……それを俺たちに言われても」

絞り出すようなニコラスの声に、ふたりは顔を見合わせた。

シャロンの実家ミュレーズ邸で訴えるならわかる。けれどもここは、ド・ブロイ邸。シャロンが暮らしているわけではない。

ただしその台詞から、彼らのあいだに何事かが起きたことだけは伝わった。

「晩餐会でいっしょにいただろう」

「いい雰囲気でしたよね」

ルシアンとマルグリットのもっともな疑問にニコラスはぐっと唇を噛んだ。

「それが、あの日、あのあと……」

ニコラスの語るところによれば、ルシアンがマルグリットを抱きあげて颯爽と宮殿をあとにしたあのとき、ニコラスはやはりシャロンとともにいた。

友人たちの幸せそうな様子に背中を押され、ふたりの関係について少し踏み込んだ話を試みたニコラスは、自分以外にはシャロンの手をとり晩餐会に現れるような相手がいないことを確認した——のだが。

そこから先が、まずかった。

自分は遊び慣れたほうだとニコラスは思っていた。それこそ社交の場でもむっつりと黙り込んでいたルシアンよりも。

なのに、シャロンを前にすると、うまく言葉が出てこない。

「国境沿いの派閥争いに王家が介入した以上、われわれも友好を結んでおくべきですね」

などと、まるで仕事のような口ぶりになってしまう。

「メレスン家と手を組めば、ミュレーズ家の利益にもなるのでは?」

言ってから（しまった）とニコラスは口をつぐんだ。あたりさわりのない天気の話よりもずっとひどい。

案の定シャロンは余裕たっぷりの笑みを見せ、堂々とした態度で言い放った。

「あら、ミュレーズ家は困りませんわ。お母様はすでにエミレンヌ王妃のお茶会に呼ばれる仲ですもの。王家の目を心配する必要はございません」

家ではなく、あなたはどうなのか――と、シャロンの視線は問うている。けれど、それを真正面から見つめ返すだけの勇気が、ニコラスにはなかった。

肩を落とし、ルシアンとマルグリットを上目遣いに見つめながら、ニコラスはぼそぼそと語る。

「実は父上がミュレーズ家との縁談に反対なんだ。母上は賛成してくれているんだが」

当主であるメレスン侯爵が反対とあっては、次期当主のニコラスといえども結婚を押しきるわけにはいかない。

「あの地域の家々は長年いがみあってきたからね。ド・ブロイ家とクラヴェル家が仲よくなったからといって、うちも続こうとは思ってくれないようだ」

国境に接しているのはド・ブロイ領とクラヴェル領の二領だが、その二領からもたらされる交易品や商隊をめぐって周囲の領主も派閥争いに参加している。もちろん、王家の思惑を察し、またはルシアンとマルグリットの仲睦まじい様子を見て、友好に転じた貴族も多い。一方で、いまだに疑い深い貴族がいるのも晩餐会のとおりである。

「そのことを考えていたらつい家の話を出してしまった。手紙を出しても返事をくれないし、自分がこんなに意気地なしだとは……」

ニコラスが力なくうなだれる。と、そこへマロンが飛び込んできて、ニコラスの額は栗色の長毛に埋まった。

「ニャア～オ」

「マロン、慰めてくれるのか」

まふまふと毛並みを撫でまわすニコラスにマロンが目を細める。ド・ブロイ家の飼い猫である彼は、マルグリットを一番に好いているが、遊びにくるシャロンやニコラスも好きだ。そしてルシアンにはなつかなかった。

「あのとき……」

マロンの長い毛に埋もれながら、ニコラスはしんみりと呟いた。

「彼女の背後にドラゴンが見えなかった」

「……ドラゴン？」

なんの話だと怪訝な顔をするルシアンを見上げ、ニコラスは長いため息をついた。

「怒らせたならまだいい。でも、傷つけたんじゃないかと心配してる」

ルシアンとマルグリットは、もう一度顔を見合わせた。

シャロンは気が強いところがあるが、ニコラスと同じく面倒見がよく心やさしい人物だ。ふたりは似合いの恋人どうしになる。

「わかりました。わたしからもシャロンに連絡してみます」

「ありがとう」

ほほえむマルグリットに、ニコラスは眉をさげて笑う。その向かいで腕組みをしていたルシアンは、黙って友の顔を見つめた。

(俺も、こんな顔をしていたのだろうな)

マルグリットに気持ちを伝える前の自分も、初めての気持ちに戸惑って、そのぶん臆病になって、でもどうしていいかわからなくて──弱気を抱えていたものだ、としみじみ思い返すルシアンは、それらがすべて憤怒の表情に見えていたことを知らない。

「……俺が言えるのは」

ルシアンの言葉に、ニコラスが顔をあげる。

「素直になれ、ということだ」

「……」

「お前のことだから、メレスン侯爵を説得する材料は考えてあるんだろう。シャロン嬢への謝罪の言葉も考えてあるんだろう。だが策を弄しすぎることのないようにな」

鋭い視線がニコラスを射貫く。それはルシアンが真剣にこの問題を考えてくれているゆえなのだと、長い付き合いでニコラスにはわかる。

素直になれ、とはニコラスがルシアンへ言ったことだ。

それなのに自分は、シャロンの前で格好つけたくて――自分は冷静なのだと、焦ってはいないのだということをアピールしようとして、逆に空まわってしまった。

相手への気持ちを認め、それを素直に表現すること。

恋の秘訣はただそれだけだ。

「まさか自分で言ったことが自分に返ってくるとはな」

苦笑を浮かべ、ニコラスはルシアンとマルグリットを見た。屋敷を訪れたときの、どこか陰のある顔つきではなくなっている。

「覚悟を決めろ、ってことだな。ありがとう」

ふっきれた表情のニコラスに、ルシアンもマルグリットも目を細めた。

ニコラス訪問の翌日、膝の上にマロンをのせながら、マルグリットはシャロンへの手紙を書いていた。
（ルシアン様とのこと、シャロンはとっても応援してくれたもの。今度はわたしが応援しなくちゃ）
シャロンも複雑な心境なのだろう。

シャロンの実家ミュレーズ伯爵家は、積極的に商会の庇護を打ちだし、王都でも貴重な商品を扱っている。以前マルグリットが刺繍に使った糸もシャロンがとりよせてくれたものだ。ニコラスの実家メレスン家も交易に力を入れ、さらに拡充すべく動いている。晩餐会でも、ド・ブロイ領の港の使用許可をルシアンに求めていた。

ニコラスの言うとおり、両家の結びつきは確実に利益を生む。それでもシャロンは、利益だけで結ばれた関係をよしとしなかった。

（シャロンは自分の意見をはっきり持っていてすごいわ）

手紙を書き終わり、封をしながら、マルグリットは小さなため息をついた。

自分には、あてこすりを言われても言い返す台詞すら思い浮かばない。晩餐会で絡んできた貴族たちや、最後にはヴィオラ王女まで、対応したのはルシアンで、マルグリットはおろおろしているだけだった。

イサベラと対峙したときもそうだ。マルグリットは、悪意に逆らうことができない。過酷だった実家での暮らしのせいで、すべてを受け入れようとしてしまう。

（わたしもルシアン様のように、毅然とした態度をとらなければ……）

マルグリットが眉を寄せて悩んでいたときだった。

ノックの音がして、ドアの外からアンナの声がかかる。

「奥様、王宮から使いの方がいらっしゃいました」

「王宮から？　今まいります」

不思議に思いつつもマルグリットは立ちあがり、ドアを開けた。膝から降りたマロンが「ナア」と鳴く。

「応接間でお待ちいただいています」

アンナの表情には緊張の色が浮かんでいる。

廊下の向こうから、家令とともにルシアンもやってきた。ルシアンもやはり心あたりはないらしい。

ルシアンとマルグリットがそろって応接間に入ると、若い使者は丁寧な所作で挨拶をした。彼もまた緊張にわずかに表情をこわばらせながら、口上を述べる。

「カディナ国王女ヴィオラ・シェアライン殿下が、マルグリット・クラヴェル伯爵をぜひ宮殿にお呼びしてお話を伺いたいと、そのように仰せです」

（……ヴィオラ殿下が？）

驚いて問い返しそうになるのを呑み込み、マルグリットは笑顔を作った。晩餐会でノエルの愛人呼ばわりされたことなど、使者は知るよしもない。

「身に余る光栄、いたみいりますわ。いつごろでしょうか」

「本日、今すぐにでもと」

「本日ですか」

今度は声に出してしまい、マルグリットは目を泳がせる。

「はい。私がご案内するように命じられています」

使者だという青年は、簡潔な答えを返すものの、肩章をのせた肩を小さく縮めてちらりとルシアンを見た。

マルグリットの隣では、腕を組んだルシアンがどす黒いオーラを放っていた。

「……本日、すぐにというのはいささか急にすぎますね。こちらにも予定というものがある。妻と話しあっても？」

「は、はい。それはもちろんです」

おそらくルシアンと同年代の彼は、緊張に冷や汗を滲ませながら応じた。使者としても、あまりにも乱暴な誘いだということはわかっているのだろう。

「では失礼」

マルグリットを伴いルシアンが隣室へ移ると、ひとりになった使者はほっと息をついた。

（いや、怖えええぇ〜〜〜‼）

ルシアンは覚えていなくとも、王宮勤めの使者は彼を知っていた。ルシアン・ド・ブロイといえば、以前から宮殿に参上しても愛想笑いひとつしない人間だったし、晩餐会などにもあまり出席せず、人嫌いの噂はあった。しかし先日の晩餐会で、一輪の花のように大切に愛妻を扱う姿を見て、認識を改めた者も多かったのだが。

愛妻以外の者には、彼はやっぱり厳しかった。というか奥方が絡むことによってより厳しくなっていると言ったほうが正しい。

(でもまあちょっと……そんな相手にめぐりあえたなんて、羨ましいな)

自分にもいつか全力で心を捧げる伴侶ができますように、と若き使者は胸をときめかせながら願った。


そのころ、勝手に怖がられ、勝手に憧れられているとは知らないルシアンは、据わった目でマルグリットと向かいあっていた。

「俺も行く」

「え⁉ それはいけません。ヴィオラ殿下は〝クラヴェル伯爵〟をお呼びです」

マルグリットの指摘はもっともだ。呼ばれたのが〝ド・ブロイ公爵夫人〟であればルシアンも同行の余地はあるだろうが、〝クラヴェル伯爵〟の爵位にはルシアンは関係がない。無理についていけば、それこそド・ブロイ家がクラヴェルの伯爵位や領地をわがもの顔に扱っていると思われる可能性もある。

「しかし――」

「わたしのことを心配してくださるのは嬉しいです。でも、ルシアン様に守られてばかりいるわけにはまいりません」

マルグリットはまっすぐにルシアンを見つめた。

「理不尽（りふじん）なふるまいには毅然とした態度をとるとお約束します。だからどうか、ひとりで行かせてください」

そうでなければ、きっとまたルシアンに守られて、マルグリットは成長しない。

「わたしもド・ブロイ家の女主人にふさわしくなりたいのです」

「もう十分ふさわしいだろう」

「ルシアン様」

まだ渋面（じゅうめん）を作っているルシアンの手を握（にぎ）り、マルグリットは真剣なまなざしを向けた。

「行かせてくださるなら、マロンの重大な秘密をお教えします」

「マロンの重大な秘密……？」

愛猫（あいびょう）の名に、ルシアンがぴくりと反応する。その隙（すき）を逃（のが）さず、マルグリットは「そうです！」と声を張りあげた。

「マロンが自分から駆（か）けよってきてくれる魔法（まほう）の呪文（じゅもん）です！」

「マロンが自分から……！」

マルグリットの勢いにつられてルシアンも真剣な顔になる。

すっかり成長したマロンは、鍵（かぎ）つきのドアも開けられるようになってしまい、屋敷じゅうを縄張りとした。世話役の使用人ですらマロンがどこにいるかはわからない。

そんなマロンが自分から姿を現すのなら、マルグリットの言うとおり魔法の呪文だ。

「覚えてくださいね。いいですか、いきますよ」

「わかった」

頷くルシアンへ、マルグリットはすうっと息を吸い――、

「マロ～ンマロマロ、マ～ロちゃん♪　マロマロマロリン、出ておいで～♪」

「待て」

「えっ？」

「俺がその〝呪文〟を歌うのか？」

「ええ、なにか問題がありますか？」

「ニャ～オ」

マルグリットがきょとんとした顔をしているうちに、どこからともなく現れたマロンが腹を出して床に寝そべった。すぐさま抱きあげわしゃわしゃと腹を撫でてやるマルグリットを眺め、ルシアンは眉根を寄せている。

「……俺が……あれを……」

「では、行ってまいりますね！」

マルグリットの腕でくつろいでいたマロンは、床に降ろされるとすぐにルシアンと距離をとり、視線はルシアンに留めたまま半円を描くように移動した。

「マロン……」

「ナァ〜オォン」

「マロマロ……」

警戒心をあらわにするマロンを見つめ、呪文の断片を口ずさみ悩み続けるルシアンを残し、マルグリットはそそくさとド・ブロイ邸を出たのだった。

アンナを連れて宮殿を訪れたマルグリットは、通された応接室で、真顔になっていた。
というのも、いくら初対面の印象が悪かったとはいえ、王女と公爵夫人の立場だ。ルシアンが心配するようなことにはならないだろう——そんな楽観的な予想を、マルグリットはしていたのだが。
紅茶と菓子を持ってきた侍女が、おもむろに盆を手にとったかと思うと、バンバンとテーブルに叩きつけながら罵詈雑言を浴びせてきたからである。
「まあ、なんという地味な見た目でしょう！　渋くなったミルクティーみたいな髪色ですのね。これでよくヴィオラ殿下の婚約者様に手を出そうなどと思えたものだわ。家に鏡はないのかしら！　あなた、ヴィオラ殿下のご気分を損なったのですもの、どんな目にあうか――」

「ええと……少々、お待ちになって」

怒涛の罵倒に放心してしまっていた意識をとり戻し、マルグリットは手をあげて侍女を制した。声をかけられた侍女はぴたりと動きを止め、怯えた視線を向けた。

晩餐会の夜にもヴィオラに従っていた侍女だ。王女付きなのだろう。

(ルシアン様がいらっしゃらなくてよかったわ……ルシアン様がいらっしゃらなくて、本当によかったわ)

マロンとの時間を満喫しているはずの夫を思い、マルグリットはめずらしく自分を褒めたい気持ちになった。

ちなみにマルグリットの背後ではアンナが両手で顔を覆って震えているのだが、これは恐怖のためではなく羞恥のためであった。棒読み気味かつ陳腐な暴言と震えを隠せない手に、過去の自分を重ねてしまってつらい。

「あなた、お名前は?」

「……クロエ・グランと申します」

名乗り、ぐっと唇を引き結ぶクロエにマルグリットは慌てて手を振った。

「あの、違うのよ。怒っているわけではないの」

言ってから、自分の言葉に内心で首をかしげる。

（ルシアン様に毅然とした態度をとるとお約束したわね……？）

この場合、無礼なふるまいをした侍女を叱るべきなのだろうか。クロエ自身も、マルグリットが反撃するために名を聞いたのだと思っただろう。

自ら伯爵位を持ち、公爵夫人でもあるマルグリットを相手にして、どんな目にあうかわからないのはクロエのほう。

（でも、クロエにそう命じたのはヴィオラ殿下よね？）

毅然とした態度をとる相手はヴィオラのはずだ。

問題は、とりつぎを願ったところでヴィオラは素直に応じないだろうし、今の状況を正確に伝えればクロエが叱責を受ける可能性もあるということだ。

しかし大丈夫、マルグリットにはすでに経験値がある。こんなときなんと言えばいいのかもわかっている。

次の言葉を待っておどおどと様子をうかがうクロエに、マルグリットはほほえみかけた。

「ヴィオラ殿下にお伝えくださらない？　わたしが怖がって泣いているから、お越しいただきたいって」

「……承知しました」

晴れ晴れとした笑顔で言われてクロエは目を丸くする。けれどもほかに選択肢のない彼女は、マルグリットの言葉に従うことにした。

クロエが出ていったあと、マルグリットは困った顔でアンナを振り向いた。

「念のため確認したいのだけれど、これって嫌がらせよね……？」

「そうですね。そう思います」

アンナも微妙な顔で頷く。マルグリットにとってこの程度のことはなんのダメージにもならないため、判断がつかないのだ。

「わたしのことをわざわざ呼んで、嫌がらせをしたかったということよね？」

「そうなります」

（ならやはり、毅然とした態度をとらなければ。……あら？　でもヴィオラ殿下に快く話を聞いていただくためには、わたしが嫌がらせを受けて、反抗の意図がないことを示したほうがいいのかしら？）

扇でテーブルをバンバンされたので自分もバンバンし返したらユミラが号泣してしまったのはマルグリットにとって反省点である。やられたらやり返す、では事態が泥沼化する可能性もある。

（きっと本当の毅然とした態度というものは……音や力に頼らずとも相手を圧倒するような……）

悩んでいるうちに、廊下を荒々しい足音が近づき、なんの前触れもなく扉が開いた。慌てた声が「ヴィオラ・シェアライン殿下のおなりです！」とあとからついてくる。

マルグリットは立ちあがって礼をした。入ってきたのは、晩餐会の夜に出会ったのと同じ、銀の髪を持つ美しい少女。

「お久しぶりです、王女殿下」

「ふん、涙はもう乾いたのね」

うつむき挨拶をするマルグリットの顔を、薄笑いを浮かべたヴィオラが覗き込む。

「あっ、はい、はい、はい。乾いてしまいましたが、たしかに泣いておりました」

「なによ、やけに頷くじゃない……まあいいわ」

一応しおらしく見える態度に、ヴィオラは満足したようだ。紅茶と菓子の置かれたテーブルに腰をおろす。

「自分の立場がわかりまして？」

「はい、そのことですが……ごいっしょしてもよろしいでしょうか」

「許すわ」

マルグリットも向かいに座り、手ずからポットの紅茶を注いでヴィオラにさしだした。

「お茶をどうぞ」

「ふん」

尊大な態度で、ヴィオラはたっぷりとシュガーを落とし、カップに口をつけ――たかと思うと、「ゲホッ!!」とむせた。

「な、なによこれ⁉」

「？」

　マルグリットも砂糖をひとさじ加え、紅茶を飲んでみる。

「あら、水で薄められておりますね。溶け残ってジャリジャリする。それにこれ、砂糖じゃなくて塩だわ。アンナ、淹れ直しをお願いしてちょうだい。お砂糖壺も交換して」

「かしこまりました」

　クロエが置いていった盆にポットとカップと砂糖壺をのせ、アンナは一礼して出ていく。

「申し訳ありませんでした。お口直しにお菓子でも」

「……」

　無言のまま受けとると、ヴィオラは焼き菓子に齧りつき——すぐに、目を剥いた。口の中に残るのはクッキーともなんともいえないぼそぼその食感。

「なんなのよ、さっきから‼」

　しかしマルグリットは平気な顔で同じ菓子を食べている。

「砂糖が入っていないだけですわ。そのせいで少し硬いですけれど、火は通っていますし、身体に害はありません。クリームをつけたり、フルーツを添えてもおいしそうですね。アンナが戻ってきたらお願いしましょう」

　ド・ブロイ家に嫁いだばかりで使用人扱いを受けていたころ、マルグリットはこれを食べたことがあった。主人用の菓子を作ったあとの余った材料で同じように焼き菓子を作るのだが、砂糖は貴重品なので入れない。結果、こういうものができあがる。

たしかに食べ慣れていないと驚くものかもしれない。薄めた紅茶と同じで、嫌がらせの一環（いっかん）なのだろうし、とそこまで考えて、マルグリットは首をかしげた。

「これらは王女殿下が指示されたものですよね？　ご存じなかったのですか？」

「うぐっ‼」

「もしかして、侍女に〝嫌がらせをしろ〟とだけ命じておられたのでは？」

「うぐぐっ‼」

図星をつかれ言葉を詰（つ）まらせたヴィオラは、手に持った扇をテーブルに叩きつけた。バシン、となつかしい音がする。

「なによ！　言いたいことがあるなら言いなさい！」

「独創性（オリジナリティ）がないな、と……」

「なんの話よ⁉」

「嫌がらせの話です。命令が漠然（ばくぜん）としているせいでインパクトに欠けるのだと思います」

領地の管理をするときも同じだ。リスクの伴う命令を曖昧（あいまい）にくだすのはよろしくない。

領主の理解なく採った施策（しさく）が裏目に出てしまった場合、その責めは実行した役人のものになる。指示は具体的に出すか、意見を出させてから承認（しょうにん）することで領主の権限と責任を明確にしなければ、役人が委縮してしまうのだ。

今回の場合、クロエが紅茶や菓子に細工をしたのは、捨ててしまえば証拠が残りにくいものであるからだ。騒音と罵声もそう。そんなことはしていないと言い張ればうやむやにできるかもしれないギリギリのライン。

結果、どこかで受けたことのある嫌がらせになってしまった。

「ここは王女殿下が責任を引き受けることで、侍女としても、たとえば私のドレスを破るとか、熱いお茶を浴びせるとか、思いきった嫌がらせができるようになります。そこまでやれば、物語でもなかなか見ませんね」

「本気でなんの話なのよ⁉」

冷静に嫌がらせのダメ出しをするマルグリットにヴィオラは薄ら寒いものを感じた。

（カディナの貴族は、わたくしが睨めば慌てふためいたのに――）

そして懸命に愛想笑いを浮かべ、おべっかを使ってきたものだ。王家を敵にまわせば自分たちの立場が危ういと理解しているから。それをこの女伯爵は――、

（いえ、違うわ、このひと、わたくしを敵にまわそうとはしていない）

「どうせならもっと心にくる嫌がらせにしませんか？　そうすればわたしも毅然とした態度がとりやすいですし。たとえば――」

マルグリットが親身になって語っているのは、マルグリット自身への嫌がらせをどうす

るかということなのだ。

そこまで考えが至ったとき、ヴィオラの脳はそれ以上の思考を放棄した。

代わりの紅茶を手にしたアンナは、クロエとともに廊下を歩いていた。クロエの盆にはクリームとフルーツがのっている。

アンナが換えの紅茶をとりにいこうとしたとき、応接室の前に控えていたクロエはガタガタと震えて、「菓子も、使用人の食べるものなのです……！」と訴えた。青ざめて、今にも泣きだしそうな彼女に、アンナはふたたび過去の自分を思いだした。

マルグリットを追いだせと言われて、それがルシアンのためになると信じて懸命に嫌がらせをしていたアンナ。当時のマルグリットはみすぼらしい姿をしていたとはいえ、れっきとした貴族階級。本心では怖かった。自分でもそうなのに、主人に命じられたから仕方なくやっただけのクロエには荷が重すぎる。

（まあ、ただ、マルグリット奥様にとってはそよ風みたいなものだと思うけど……）

アンナの見たところ、紅茶を噴きそうになっていたのは王女のほうだった。

「使用人の食べるもの、ということは、砂糖が入っていないのですね？」

「は、はい」

どんな叱責を受けるのだろうかと、クロエはぎゅっと目をつむる。けれども思ったよう

な罵倒はなく、

「ではクリームとフルーツも用意しましょう」

「……え……？」

「キッチンへ案内してください」

アンナにうながされ、クロエはわけのわからないままにその言葉に従った。

こうして、侍女ふたりはそれぞれ新しい紅茶と菓子に添える甘味を持ち、ふたたび応接室へ戻ってきた。

「失礼いたします」

礼をして扉を開け、室内の様子をうかがえば。

案の定、心にくる嫌がらせの例を切々と語って聞かせるマルグリットの向かいで、ヴィオラは困惑と恐怖の表情で放心していた。

部屋に走った形容しがたい空気に、マルグリットは口をつぐんだ。アンナとクロエが代わりの紅茶を持ってきてくれたのだ。しかもまだ頼んでいなかったクリームとフルーツもいっしょに。

「すばらしいわ！　さあ、王女殿下もお召しあがりください」

しかし、笑顔を向けた先には干物の魚の目をしたヴィオラがいたのだった。

「あの、殿下……？　わたし、なにか粗相をしてしまったでしょうか……」

「粗相っていうか……もう怖い。気分悪い」

「落ち込んだときには、甘いものを食べるのが一番です」

（落ち込ませたのはあなたなのよ……なによ、紅茶には■■■を■■した■■■■■で■■■すると効果的、って）

　思いだすのも恐ろしいマルグリットの提案を頭から振り払うべく、ヴィオラはアンナが手際よく茶を注ぎ、焼き菓子を盛りつけていくのを眺めた。たしかに先ほどのパサパサな食感は、油分を含んだクリームや果汁たっぷりのベリー類でカバーされるだろう。タルトに近い組みあわせでそれぞれの味を引き立てあうに違いない。

「どうぞ」

　今夜から毎晩夢に出てきそうなトラウマレベルの嫌がらせ体験談を吹き込んだとは思えない明るさで、マルグリットはテーブルの皿を示した。逆らう気力すらなくしたヴィオラはひと口サイズにされたタルトもどきを口に放り込む。

　さくりと軽い音を立てて、こわばった身体にやさしい甘さが染みわたった。

「……おいしい」

「でしょう？」

　温かな紅茶も味わい、ほっとゆるんだヴィオラの表情に、マルグリットも頷く。

（わたし、間違っていたわ。嫌がらせを耐えなくても、こうしておいしいものを食べれば心は通うのね）

気にならないほど中途半端だったせいで、嫌がらせを受けたことはすっかり忘れている。

（きちんとお話をすれば、ヴィオラ殿下もわかってくださるはず）

さあ、とマルグリットはもうひとつタルトを勧めた。ベリーの飾られたタルトをヴィオラは手にとり――、

「って危ない！　あなたのペースに呑まれるところだったわ！」

はっと気づいた顔になって立ちあがった。

（……あれ？）

「〝初っ端で顔面パンチを食らわせ恐怖を与えてからやさしくして懐柔する〟……人心掌握術の基本じゃない。小癪な真似をするわね。わたくしが帝王学を学んでいたから気づけたものの、本当に危ないところだったわ」

「え、いえ、そんなつもりは……」

眉をひそめたヴィオラに睨まれ、マルグリットは身を小さくした。

帝王学やら人心掌握術やらという大それたものを使った覚えはない。たまたまそうなってしまったなら、それはひとえにマルグリットの対人経験値不足のせいである。

マルグリットの弱気な態度に、ヴィオラは勢いづいた。

テーブルをまわり、ぐいっと顔を近づけるヴィオラに、のけぞるマルグリット。

「これであなたが狡猾（こうかつ）な人間だということはわかったわ。ノエル様のお心もこうやってつかんだんでしょう!? さあ、認めなさい！」

「いいえ、わたしが愛しているのは夫のルシアンです！」

ヴィオラの剣幕（けんまく）にめげず、誠意を込（こ）めてマルグリットは訴える。だがヴィオラもまた、どうにかして優位に立たねばと焦っていた。

だいたい、偏（かたよ）った帝王学に基（もと）づき初っ端でマルグリットに顔面パンチを食らわせたかったのはヴィオラのほうなのである。それが想定外のカウンターを食らい、今のヴィオラは手負いの獣（けもの）だった。

「なにが夫よ、あんな目つきの悪い地味な男。理屈（りくつ）っぽいし、噛みつきそうに野蛮（やばん）で、マナーはなっていないし、あんなの愛せるわけがない――」

たたみかけようとして、口がすべったと気づいたときには遅（おそ）かった。

「そんなことありません！」

「ひっ！」

ガタンと椅子（いす）の揺（ゆ）れる物音にヴィオラの肩が跳（は）ねる。ほんの十数分前、〝心にくる嫌がらせの例〟を澄（す）んだ瞳（ひとみ）で語り聞かせるマルグリットは得体のしれない怪物（かいぶつ）のようだった。

強がってはいても、植えつけられた恐怖は拭い去れない。

一方ヴィオラの正面で、思わず立ちあがってしまったマルグリットは、胸に手をあてて考え込んでいた。ふつふつと湧きあがるのは覚えのある感情。ド・ブロイ邸でユミラと対峙した際に感じたもの――〝怒り〟だ。

ルシアンを侮辱されて、自分は怒っている。

(いけないわ。これではユミラお義母様を泣かせてしまったときと同じ)

マルグリットは怒ると真顔になってしまうのだ。まだテーブルをバンバンしてもいないのに、ヴィオラは全身を震わせている。王女のプライドで「無礼者……!」と呟いてはいるが、腰が引けていた。

これではヴィオラを説得することもできない。

「ヴィオラ殿下、夫への無礼を謝罪していただけませんか。夫はすごくかっこいいしやさしいですし、わたしは夫を愛しています」

ヴィオラが謝ってくれれば怒りは解けるはずである。

敵意のないことを示そうと、マルグリットはなんとか笑顔を作った。けれどもヴィオラからすれば目の笑っていない笑顔は不敵なほほえみとしか映らず、

「わ、わたくしを嘲笑っているのね!?」

「違います。わたしは夫への愛を認めていただきたいだけです」

「魔王みたいな笑顔で言わないで!!」

せりあがる恐怖を振り払おうと、ヴィオラはテーブルに扇を叩きつける。皿にぶつかり派手な音を立てた扇は、次はマルグリットめがけて振りあげられた。

「マルグリット奥様!!」

「ヴィオラ殿下!!」

アンナとクロエが青ざめた顔で手をのばす。口論以上のことになれば、個人間の争いでは収まらない。家と家、それどころかヴィオラが隣国の王女である以上は国と国の諍いに発展する可能性がある。

「あんたなんか――……!!」

侍女たちの手が届く前に、ヴィオラは扇を振りおろした。

だが、マルグリットは動じなかった。

マルグリットもまた、手を――両手をヴィオラに向かってのばした。正確には、迫る扇に向かって。

打ち鳴らすように手のひらをあわせる。

パキインと乾いた音がして、ヴィオラの耳に風切り音が走った。同時にはらりと落ちる数本の銀髪。

刃のようなものが、側頭部数センチのところを飛びぬけていった。目を見開くヴィオラの背すじから汗が噴きだす。

一瞬の静寂――。

そののち、悲鳴をあげたのはマルグリットのほうだった。

「ギャ、ギャ――――ッ!! 申し訳ございません、ヴィオラ殿下!!」

悲鳴をあげることとすらできず床にへたり込むヴィオラを腕に支え、マルグリットはあたふたと傷がないことを確認する。

「なによ、今の……金細工の扇が折れたんだけど」

手の中の扇の片割れは、背後の壁に突き刺さり先端を揺らしている。

「東方に伝わるシラハドリという秘技でございまして……っ! その、以前にも扇で叩かれたことがあったもので」

出入りの商人たちが面白半分に語っていたその秘技に、マルグリットは彼らの想像以上の実用性を発見した。扇を怪我なく受けとめることができれば、余計なトラブルが防げるではないか。

しかし何事もやりすぎるマルグリットは、防御を通りこして武器破壊の奥義まで身につけてしまったのであった。

（そういえば晩餐会の夜も手を出そうとしてたわね）

思いだしたヴィオラはぞっと悪寒を感じて自分を抱きしめた。ノエルの目の前で扇を折られていたかもしれないのである。よくわからないけど怖い。心配そうにヴィオラの背をさすってくれているのも怖い。

　マルグリットはこれまで自分が媚を売られてきた貴族たちとは違う。その底知れなさに、ヴィオラの気力は限界に達した。

「もういや‼」

　折れた扇を投げ捨て、床を叩きながらヴィオラは子どものように駄々をこねる。銀の髪が床に広がり、美しい文様を描いた。

「だって……っ！　だってあなたが邪魔をするから、わたくしたちが婚約できないの！　ド・ブロイ公爵との偽装結婚を受け入れるのと引き替えに、ノエル様の愛人になったんでしょう⁉　叔父様も困ってらっしゃるのよ‼」

　マルグリットにとってはまったく身に覚えのない理屈をぶちまけて、ヴィオラは「うわーん！」と盛大な泣き声をあげる。

「証拠を見せなさいよ！　あなたがノエル様の愛人じゃないって……っ、夫と愛しあってるって言うのなら、その証拠を！」

「――いいのですか⁉」

「え？」

　思わぬ返答にヴィオラは動きを止め、ぽかんとマルグリットを見上げた。座り込んだままのヴィオラの手を握ると、マルグリットは顔を輝かせる。

青い瞳の中に先ほどと同じ澄んだ真心を見つけて、ヴィオラは顔をひきつらせた。

「無礼を働いたのに、チャンスをいただけるなんて……ありがとうございます！」

「え、まって、ちょっと」

「夫と愛しあっている証拠ですね！」

手を引き、ヴィオラを立ちあがらせたマルグリットは、「お任せください！」と元気よく答えた。

妻の帰宅の知らせに、ルシアンは跳ねるように腰をあげた。このところマルグリットと離れる機会のなかったせいで、妻のいない屋敷は無駄に広く感じられた。
馬車はまだ門を入ったばかりなのに、そわそわとして玄関まで迎えに出てしまう。腕の中のマロンが自分を見上げて「ニャア」と鳴くのは、「気持ちはわかるよ」の意味か「落ち着け」の意味か。
（思っていたより早かったな）
案外、大した用事ではなかったのかもしれない。ヴィオラもそこまで浅はかではないということだ。無礼を詫びて口止め、くらいのものだったのかも。

安堵した心持ちで、ルシアンは今まさに扉を開こうとする馬車に向かってほほえみ――、

「……は?」

その顔は怪訝なものになった。

「ルシアン様! お顔! お顔! 一瞬で変わりすぎです!」

「こんな顔にもなるだろう。どういうことだこれは」

慌てて馬車から降りてきたマルグリットに指摘され、ルシアンは渋々といった体で客を迎える礼をとった。その横でマルグリットもあらためて頭をさげる。

「ようこそド・ブロイ家へ。ごゆっくりとおくつろぎください」

「ゆっくりくつろげると思うの……?」

馬車から姿を現したのは、鋭いまなざしの――しかしどことなく顔色の悪い、ヴィオラ・シェアライン王女だった。

執務室を訪れたノエルは、書類の山に埋もれたエミレンヌの姿に苦笑を浮かべた。
長年の確執はどこへやら、和平が成った途端にカディナは通商から文化・制度を含む

様々な交流を求めてきた。

にもかかわらず、交流の名目で唐突に送り込まれてきたヴィオラは、なにをするでもなく王宮でぶらぶらとすごし、ノエルを見つめては顔をうつむけている。

「ヴィオラ王女がド・ブロイ邸に滞在するそうですよ」

ノエルの言葉に、エミレンヌは書類をめくっていた手を止め、顔をあげた。

「ド・ブロイ邸に？　なぜ？」

「それが、マルグリットが連れていったのだそうです」

「マルグリットが？」

「そもそもは、ヴィオラ王女がマルグリットを宮殿に呼びつけた、と聞いています」

先の晩餐会で、ヴィオラはルシアンとマルグリットになにやら因縁をつけていた。なにがあったのかと尋ねても顔を真っ赤にしてそっぽを向いてしまうだけで、埒があかなかったのだが。

「マルグリットのおかげで、ヴィオラ王女の訪問の理由がわかりました。マルグリットをぼくの愛人だと思っているようです」

「マルグリットを……？？？」

いつも冷静沈着な彼女にしてはめずらしく、エミレンヌはなんともいえない顔になった。

「マルグリットが反対するせいでぼくとヴィオラ王女の婚約が進まない、と」

「シェアライン王家から婚約の打診なんてきていないけれど？」

首をかしげるエミレンヌに、ノエルは他人事のように肩をすくめる。

「そこが今回の騒動の鍵なのでしょう」

「こちらの覚えのないことばかり……なんなのかしら、あの国。しかも根まわしも下手くそだし」

「リネーシュだって母上が王妃になるまでは同じようなものでしたよ」

「そうね」

エミレンヌはため息をついて頷いた。王家内で派閥争いが起きている場合、一貫性のない政策が乱発されるのはよくあることだ。

こちらを巻き込まないでくれという気持ちが半分、ただ藪をつついてしまったのはエミレンヌとノエルでもある。

「ヴィオラはあなたが好きなのね」

「そのようですね」

「彼女とのこと、あなたはどうしたいの？」

一瞬ノエルの視線が泳いだのを、エミレンヌは見逃さなかった。

「ド・ブロイ家では、妻と客に向けるルシアンの態度に落差がありすぎて使用人たちが心配しているそうですよ」

「あいかわらず耳が早いのね」

あえて無視された話題をふたたびさぐろうとはせず、苦虫を噛み潰したような顔になったであろうルシアンを想像してエミレンヌは唇の端を持ちあげる。

これみよがしにマルグリットを抱きあげ、広間を横切っていった若き公爵。彼をすっかり骨抜きにしているその妻が、彼女を愛人呼ばわりする王女を連れ帰ったのでは心穏やかではあるまい。

「それを素でやるのがマルグリットの怖いところね」

ぽつりと言って、エミレンヌは書類の確認に戻った。

# 第二章◆認めてください！

メレスン侯爵邸の書斎で、ニコラスは父ドミニク・メレスン侯爵と睨みあっていた。

同じ髪色と目の色で誰が見ても親子とわかる外見と同様、これまで父息子の考え方は一致していた。

だが初めて、ニコラスは父の意向に逆らおうとしている。

「王家もド・ブロイ家には目をかけています。ド・ブロイ派とクラヴェル派の諍いをなくすことが王家の目的です。われわれ周辺領も感情的ないがみあいをやめるべきだ」

ニコラスの言葉にドミニクは呆れたようなため息をついた。

「いがみあいはとっくにやめておるさ。だがそれといきなり手をつなぐことは意味が違う。これまで交渉のなかった家を贔屓にするというのは、お前のほうこそ感情的ではないか」

冷静な指摘にニコラスは口をつぐむ。

シャロンとのことを認めてほしいという感情が先に立ったことは否めない。そんなニコラスを、椅子に腰かけたままのドミニクはじろりと見上げた。

ニコラスが提案した新事業は、カディナとの交易会社をミュレーズ家と共同で経営しようというものだ。具体的には、メレスン家の代表はニコラスであり、ミュレーズ家の代表はシャロンである。

「だいたいカディナとの交易はリスクがある。ミュレーズ家が裏切らない確証はあるのか？　うちだけが損をすることはないと？」

「たしかに、リスクはあります」

リネーシュとカディナは和平条約に続き通商条約を結ぼうとしている。カディナ側から歩みよったという話もある。

一方で、急な方向転換の理由は、まだわからない。

「しかしだからこそ、ミュレーズ家と手を組むことは必要なのです。メレスン家とミュレーズ家が反目しあいながら動けば、余計な体力を削られる。リスクがあるからこそ交易に長けた協力者が欲しい……それはミュレーズ家にとっても同じ」

領地を持つ貴族にも種類がある。ド・ブロイ家やクラヴェル家のように広大な領地を持ち、領内の産物から収益をあげている家もあれば、メレスン家やミュレーズ家のように、領地は小さいが交通の要所になっており、王都や他領との交易から事業を拡大して繁栄した家もある。

とくにメレスン家はド・ブロイ家と提携していて海運に強い。

「ミュレーズ家にも、メレスン家はなくてはならない存在なのです」

そう理解したうえで、シャロンはメレスン家の威光に頼ろうとするニコラスを拒絶した。

それゆえに、あの言葉は重いのだ。

「父上はおっしゃいましたよね。事業は人と人との関わりだと。経営は結婚と同じ、信頼のおける人間にしか命の次に大事な金は預けられないと。……俺は、シャロン嬢になら命を預けられると思っています」

ぐいと計画書を突きだして、ニコラスはテーブルに乗りあがらんばかりの勢いでドミニクを見た。息子の瞳に宿る気迫に、ドミニクは瞠目する。

譲るつもりはないと、まっすぐなまなざしが告げている。

「カディナとの交易を成功させてみせます。ですから、シャロン嬢との結婚を認めてください」

「……ふん」

ニコラスの作った計画書をこつこつと叩き、ドミニクは鼻を鳴らした。ざっと見ただけでも、計画書は悪くない。そのうえ熱意にあふれている。

「好きにするがいいさ。次期当主として事業のひとつも立ちあげさせねばと考えていたところだ」

「はい。ありがとうございます」

真剣な表情で頷き、ニコラスは部屋を出る。

ドアが閉まるまでは厳めしい表情で息子の背中を見送ってから、ドミニクは表情をゆるめて「はあ」と頬杖をついた。

どこか飄々とした態度を崩さない、良くも悪くも世間慣れした息子だと思っていた。

(それが、いつのまにかあんな顔をするようになっていたとはな)

よほど惚れ込んでいるらしい。息子をそこまでの気持ちにさせるのだから、相手の令嬢も相応の人物なのだろうとドミニクは認めた。

実際のところ、ニコラスの言ったことは正しかった。ド・ブロイ家とクラヴェル家の派閥争いが消滅して、周辺の領主たちはどうふるまうべきかと悩んでいる。そんな中で率先してミュレーズ家と手を組み実績を作ることで、メレスン家はほかの貴族たちから頭ひとつ抜きんでた存在になるだろう。

さらには、ド・ブロイ公爵——つまりルシアンから内々に、ニコラスの事業には協力するゆえ、よろしく頼む……という書状までもらってしまった。

要は、ドミニクにはニコラスの提案を却下する選択肢がなかったのである。

(ただなあ……ミュレーズ家って、怖いんだよなあ)

互いに事業を営む家であるから、動向は知っている。搦め手を得意とするメレスン家とは違って、ミュレーズ家はかなりストレートな経営をする家だ。そんな家の令嬢に搦め手な求婚をしてしまったらしい息子が肩を落として帰ってきたときには、ドミニクは両手で顔を覆いたくなった。

（できるかな、親戚づきあい）

それが心配で尻込みしてたんだよな、と実は気弱な父親は、長いため息をついた。

書斎を出たニコラスは、その足でド・ブロイ邸へと向かった。先日申し入れた港の利用に関する詳細がわかったとルシアンから連絡があったのだ。

迎えに出た家令のリチャードに先導されながら、ニコラスは応接間へと歩みを進める。

（船を使えば、大量の交易品を運ぶことができる）

次に必要なのは情報だ。ルシアンに口添えを頼み、第三王子ノエルを紹介してもらおうとニコラスは考えていた。以前お忍びではあるがノエルはド・ブロイ邸でのお茶会に参加していた。ニコラスのことも覚えていてくれるに違いない。

（ノエル殿下からカディナの要人を紹介してもらい、隣国の情勢を聞く）

シャロンにも会わなければならない。まずは謝って、それから自分の気持ちを隠すことなく伝えるのだ――伝わらなければ、伝わるまで、何度でも。

そんな決意を胸に、応接間に足を踏み入れたニコラスが見たものは、

「認めない認めない認めない――――ッッッ!!」

先ほど自分が「交易を成功させてみせる」と父親を説得したカディナ国の王女が金切り声をあげながら美しい銀髪を振り乱している姿と、

「夫ルシアンとの愛を認めてください!!」

「嫌よっ！　認めないいんだから！」

ルシアンの腕の中から王女を説得するマルグリット、マルグリットを膝の上にのせしっかりと抱きしめているルシアンだった。


事情を三回聞いても、ニコラスには理解できなかった。とりあえずわかったのは、数日前、ルシアンとの愛を認めさせようとマルグリットはヴィオラを家に招待したのだが、ヴィオラは頑なにそれを認めないということだった。

シェアライン王家の象徴ともいえる銀髪と、リネーシュでは見慣れないドレスの刺繍に、もしやとよぎった期待はあたっていたわけだが。ニコラスが挨拶をしても足を組みそっぽを向くヴィオラは交易先の紹介をしてくれそうな雰囲気ではなかった。

今のヴィオラは、口の中に限界量の砂糖を詰め込まれた顔でルシアンとマルグリットを眺めている。

「俺とマルグリットが愛しあっていることを納得していただかねばな」

あいかわらずマルグリットを膝にのせたルシアンは、身を小さくするマルグリットの口元へ、ケーキをひとかけずつ運んでやっている。まるで雛に餌を与える親鳥のようだ、とニコラスは思った。

(もしかして王女殿下、滞在中ずっとこれを見せられているのか)

よぎった疑問はたぶんあたっている。

「なんなの……なんなのかしらこの状況……」

「もともと俺は、当主交代の引き継ぎが終われば妻を甘やかしてすごすつもりだったのです。そこに割り込んできたのは王女殿下です」

頭を抱えるヴィオラへあっさりと言い放ち、ルシアンは手を動かす。

マルグリットは顔を真っ赤にしながらも素直に「あーん」されている。自分が言いだしたので、逃げることができないのだ。

(楽しそうだな、ルシアン……)

ヴィオラとニコラスの前にもケーキは用意されているが、これ以上糖分を摂取する気分にはなれずにニコラスは紅茶だけを飲んだ。ヴィオラも同じ気持ちらしい。

「先ほどの話の続きですが」

ケーキを飾っていた苺をマルグリットにさしだしつつ、ルシアンはヴィオラを見据える。

「リネーシュとの国交は、カディナからの申し入れと聞きます。国王陛下が主導されたの

ですか？」

「ええ、そうね……突然始まったことだから、わたくしもよくわからないけれど」

「昨年の寒波でカディナは食糧不足に陥った。それを助けたのはクラヴェル領から輸出した作物です」

「知っているわ」

「今年の収穫でも食糧不足が解消されるかはわからない。だからカディナは通商条約を結びリネーシュから食糧を――」

マルグリットの髪を撫でつつ話を続けようとするのを手をあげて制し、ヴィオラはどんよりと曇った目でルシアンを見返した。

「この状況で国政の話をされて頭に入ると思うのあなた？」

「この状況は殿下のご要望ですが？」

応接間に沈黙と睨みあいの火花が流れた。

ルシアンの膝の上でマルグリットが声にならない悲鳴をあげている。

正直に言えば、ニコラスもヴィオラ側の意見だった。目から入る情報と耳から入る情報がどちらも重く、かつ一致しなさすぎて酔う。

どうしてこんな場に居合わせているんだろうと思ったところで、マルグリットの視線が縋るようにニコラスへ向けられた。

「あああの！　ニコラス様は、本日はどういったご用件で……？」

「俺がここへきたのは、港の件でだ」

内心で（ありがとうマルグリット夫人！）と叫びつつニコラスは応じた。ヴィオラと睨みあっていたルシアンの目がようやく気がついたというようにニコラスへと逸れる。

「ああ、そうだったな。書類は書斎だ。二階にきてくれ」

「ルシアン様、ヴィオラ殿下にはわたしがお話しいたします」

「俺たちは書斎へ行こう。な？　ルシアン」

「……わかった」

たたみかけるマルグリットとニコラスに、ルシアンは渋々といった顔で頷いた。

「では、わたしはこれで――」

ほっと息をついたマルグリットが膝からおりようとする。

「待て」

だが、そんなマルグリットの腰を抱きとめ、顎に手を添えると、ルシアンはマルグリットの頬に唇を寄せた。

「!?」

「クリームがついていた」

頬を押さえ、ぱくぱくと口を動かすだけで言葉が出てこないマルグリットにしれっと告げて、ルシアンは席を立つ。

「では、失礼いたします、ヴィオラ殿下」

ルシアンにならって頭をさげると、ニコラスも廊下へ出る。

扉が閉まる直前、ヴィオラもマルグリットも放心したようにソファの背もたれに頭をあずけて天井を仰いでいるのが見えた。


「なあ、大丈夫なのかあれは……？」

「大丈夫もなにも、最初からおかしいことだらけだ」

あとについて廊下を歩きながらおそるおそる尋ねれば、ルシアンは眉を寄せて答えた。

「ド・ブロイ家とクラヴェル家が何十年も争っていたように、リネーシュとカディナも何十年も緊張状態をたもち続けていた――少なくともこちらはそのつもりだった。だが向こうの態度はそうとは思えんのだ」

どうやら妻を愛でているだけではなく、色々と考えているらしい、とニコラスの表情も真剣なものになる。

書斎に入り、ルシアンは執務机の書類をとりあげてニコラスへ渡した。書類には港の情報が記載されている。いずれカディナの籍を持つ船舶も利用する予定だという。

「結んだ条約を撤回するのは難しい。通商の希望はカディナの本心だと考えていいはずだ。

ド・ブロイ領にも交易の打診がきている」

その対応は、領地にいるルシアンの父アルヴァンと母ユミラがこなしている。交渉の内容はとても冷やかしとは思えず、本当に通商を望んでいるのだろうというのはアルヴァンも言っていた。

正式に通商条約が結ばれれば、取引が莫大なものとなることは明らかだ。尻込みする暇はない、と言いたいところだが。

「カディナの狙いはなんだ？」

「さあな。内部になにか葛藤があるんだろう」

その葛藤の結果として転がりでてきたのがヴィオラだというのがなんとも不思議だが、とルシアンは苦い顔になる。

ヴィオラは「突然始まった」と言った。予兆はなかったのだ。カディナの国王は食糧不足を口実にリネーシュとの国交を推し進めた、と考えられる。それが強引なものであるなら、国交に反対する勢力ももちろんいるはずだ。

ルシアンは細くカーテンをめくってみせた。

窓の外に目を凝らせば、通りはいつもどおりの平和な光景のように見えて、数人の男たちがド・ブロイ邸に視線を走らせている。

「どうやら見張られているようでな」

ルシアンはニコラスに視線を戻した。

「港は使ってもよいと父上からの返事だ」

「しかし謎と危険を孕んだ交易、か。面白いじゃないか。そういう揉め手はメレスン家の得意分野だよ」

肩をすくめ、ニコラスは笑みを見せた。


一方、ルシアンとニコラスが去ったあとの応接間では、ヴィオラとマルグリットがいまだに天井を仰いでいた。

「あのう、先ほどのお話の続きをしてもいいでしょうか……?」

「なんであなたがわたくしより弱っているのよ……」

かぼそい声のマルグリットに、ヴィオラはじっとりとした視線を向けた。

「申し訳ありません……思ったよりも恥ずかしくて……」

普段の生活を見れば、仮面夫婦などではないとわかってもらえると思った。けれど数日たってもヴィオラは首を縦に振ってくれず、ルシアンの態度はエスカレートしていった。

平然と、いやむしろうっとりと自分を甘やかすルシアンと、それを澱んだ目で見つめるヴィオラに挟まれて暮らすのは、マルグリットの精神に想像以上の消耗をもたらした。

「カディナとの交易の話でしたね……」

上半身を起こしヴィオラに向きなおって、マルグリットはルシアンの話を引き継ごうとした。ルシアンが言いたかったのは、現在の情勢はカディナ国が望んだことであり、両国の関係をひっかきまわすような真似はしないほうがよいということだ。

けれど、こぶしを握り唇を引き結んで耐える表情のヴィオラを見た途端、こぼれでたのは別の言葉だった。

「どうして、わたしがノエル殿下の愛人でなくてはならないのですか……？」

「……！」

静かに尋ねるマルグリットに、ヴィオラは顔をそむけてぎゅっと目をつむる。

（ヴィオラ殿下も、本当はわかっていらっしゃるのだわ。………それはそうよね）

よみがえる記憶にマルグリットは遠い目になった。

互いに領主であり社交に消極的なルシアンとマルグリットは、普段から屋敷で仕事をしていることが多い。この数日、ルシアンはずっとマルグリットを膝にのせて仕事をしていた。マルグリットのほうも、書類仕事ならできなくもないせいで、降りようとはしなかった。食事は「あーん」だし、移動はお姫様抱っこ。

ちなみに就寝時だけは、ルシアンの部屋のドアから入り、ふたりの部屋をつなぐドアでマルグリットの部屋へ戻っていた。

この生活を見ていて、ルシアンとマルグリットが仮面夫婦であり、マルグリットはノエルの愛人——とは言えないはずだ。なのに、ヴィオラはどんどん目を濁らせながらも、頑なにふたりの愛情を認めようとしない。

胸元のブローチを握りしめるヴィオラの姿は、まるで叱られた子どものようだ。

自分の主張が道理にあわないとわかっていて、それでも認められない理由が、ヴィオラにはあるのだ。

「——よし！　この話題はやめましょう！」

黙り込んだままのヴィオラの隣で、マルグリットはぱちんと手を打った。

「え？」

「それより、楽しい話をしませんか？　ケーキもまだありますし」

ヴィオラのケーキは手をつけられずに残っている。それを示して、訝しげに顔をあげたヴィオラに向かって笑いかける。

「……なに考えてるの、あなた」

「わたし、ヴィオラ殿下の笑顔が見たいです」

「わたくしの、笑顔……？」

思いがけない言葉にヴィオラはぱちぱちと目を瞬かせた。

「はい。ヴィオラ殿下の目が澱んでいく話題ではなくて……たとえば、ノエル殿下のどこが好きか、とか」

ぴく、とヴィオラの肩が揺れた。マルグリットから視線を逸らし、ヴィオラはうつむいて膝の上のこぶしを握りしめる。

「好きな人のことは、話すだけで楽しいじゃありませんか」

思い返してみれば、晩餐会で出会ったときから、ヴィオラはずっとつらそうな顔をしている。笑顔を見たのはヴィオラが自分の優位を示そうとしたときだけだ。それ以外は……こう、お茶を噴きだしかけたり、恐怖のどん底に突き落とされたり、糖分過剰摂取で虫の息になったりしてきた。

(でも――)

――おいしい。

そう言ってほっと息をついていたのがヴィオラの素顔だったのではないかと、そんな気がするのだ。

どちらかが耐えなくても、心は通うはずだ。あのときよぎった直感を信じてみたい、とマルグリットは思った。

ルシアンには甘いと言われてしまうかもしれない。毅然とした態度ではないだろう。でも、理不尽なふるまいを受け入れているわけでもない。

「……ノエル様の、好きなところ」

「あ、もちろん無理強いは――」

返らない答えに、やっぱりやめましょうかと振りかけた手首をつかまれた。

「無理じゃないわ」

ヴィオラが眉を寄せてマルグリットを見る。

これはどっちなんだろうかと思ううちに、白い頬にじわじわと赤みがさしていく。

「……っ、ど、どうしてもって言うなら……やぶさかでもないわ」

ぶっきらぼうな物言いだが、これは肯定だ。

「はい、どうしても聞きたいです！」

マルグリットは満面の笑みで答えた。つんとすました顔をしているけれど、ヴィオラは照れているのだ。その表情は歳相応でかわいらしい。

銀髪をかきあげ、ヴィオラは視線を泳がせる。

「待ちなさい……精神集中が必要なの」

深呼吸をし、胸に手をあてると、ノエルの姿を思いだすように視線を宙に向ける。

「ノエル様の好きなところね」

うっとりとした表情で目を閉じ――その目がカッと開かれると同時に、ヴィオラの口もパカッと開く。

「ノエル様の素敵なところはね、もちろんお姿もそうなのだけれど、細かなところまで気配りをされているという点なのよ。たとえば和平条約の締結のためにカディナにいらっしやったときには、カディナ産の生地で仕立てたお洋服を着てらしたわ。あれはカディナでしか使わない正装ということでしょう？　カフスもね、カディナの真珠を使っていたの」

ひと息だった。


「そうなのですね！　すばらしいです」

「それがまた、ノエル様のお姿にとてもよく似合っていらしてね、ノエル様の揺蕩うような金髪、深い森の中のような緑の瞳、あの瞳の色にはカディナの宝石も敵わないわ。あなた知っていて？　ノエル様はね、ほほえむときに少しだけ首をかしげるくせがあるの。そうすると目線が近くなって、まるで瞳に吸い込まれてしまいそうで……」

「そうなのですね、知りませんでした！」

「はあ、それに美しいのはお顔だけではないの。ノエル様はね、髪の毛の先から爪の先まで完璧なのよ。手袋をとった指先はすらりとしていて、温度は少し冷たくて」

「そうなのですね！」

相槌を打ちながら、マルグリットは内心で少しだけたじろいでいる自分を発見した。

（ヴィオラ殿下、思っていたよりも情熱的な方だったわ！）

身振り手振りをまじえつつヴィオラは滔々と語り続ける。

頬を染めていきいきと目を輝かせているその表情は、恋する乙女そのもので、

（よかった、とっても楽しそうだわ）

にこにこと笑顔のマルグリットに、ヴィオラははっと気づいた顔になって叫んだ。

「そういえば、猫ちゃんがいるでしょ、ノエル様がお贈りになった猫ちゃんが！　連れてきてちょうだい！」


書斎から戻ったルシアンとニコラスが見たのは、空になった皿と、マロンを抱くマルグリットと、マロンに威嚇されているヴィオラだった。

マルグリットの腕の中で丸くなったマロンへ、ヴィオラは両手をさしのべるのだが、マロンは顔をしかめて前足で振り払っている。

「さすがはノエル様の選ばれた猫ちゃんだわ……なんてかわいらしい、それでいて高貴な姿なの……ね、一度でいいから抱っこさせてちょうだい。お願い、一生のお願いよ！」

「ナアン！」

「ああ、そのつれない態度、気高いわ。そうだわ、おもちゃで――」

振り向いたヴィオラの視線が、立ち尽くしていたルシアンの視線とぶつかった。

「……」

「なにを見ているの!!　無礼者!!」

「ヴィオラ様～……っ！」

胡乱な顔になったルシアンと声を荒らげるヴィオラに、マルグリットが眉をさげる。

「無礼者呼ばわりされるすじあいはありませんが……」

「マルグリットには略式の呼びかけを許可したけれど、わたくし夫のほうは認めておりませんことよ！」

（……なにが？）

どうやらマルグリットはヴィオラに認められたらしい。しかしなにが認められたのか、ルシアンにはわからなかった。

ただ、刺すようにとげとげしかったヴィオラの表情が和らいだように見えるから、アルヴァンとユミラのあいだに横たわっていた氷を溶かしたように、マルグリットがヴィオラを癒やそうとしているのはわかった。

マルグリットはすべてを受け入れる。それがマルグリット自身を傷つけることもあるから、ついルシアンは過剰に妻を守ろうとしてしまう。けれどもこうして、まっすぐすぎるマルグリットの真心が誰かの心を開かせることもある。

唇の端をわずかに持ちあげ、ルシアンは「お邪魔いたしました」と告げるとニコラスの肩を叩いて踵を返した。

まだ呑み込めていない表情のニコラスもルシアンに従って部屋を出る。

「シャロン嬢とのこと、応援しているぞ」

「おう」

背後からはふたたび「シャーッ」という威嚇と、「マロ～ンマロマロ、マ～ロちゃん♪」という必死の歌声が聞こえてきた。

マルグリットに冷たい態度をとった者はしばらくマロンになつかれない、という経験からくる知識は、ヴィオラに教える必要はないだろう。

数日後の夕刻、ド・ブロイ家の食堂には、今度はシャロンの姿があった。

テーブルにはサラダのほかに、チーズやナッツ類に生ハムなど塩気のある前菜が並べられている。ほかにも、ド・ブロイ家のコックたちが腕を揮ったキッシュやチキンなどが続く予定だ。

「では、かんぱーい！」

マルグリット、ヴィオラ、シャロンの三人は、シャンパングラスを軽やかに鳴らした。

炭酸水と果汁をあわせ食用花を浮かせたドリンクは、華やかでかわいらしい。

シャロンから訪問したいという連絡をもらって、それならば夜に女子会をしようと提案したのはマルグリットだった。一応名目はプチサロンということになっている。ノエルを語りたりないらしいヴィオラも、「どうしてもと言うなら……」と言ったので「どうして

もです！」と食い気味にお願いしたら参加してくれた。

訪れたシャロンはカディナの王女が滞在していることに驚きを見せたものの、もとより身分の差に委縮するような人物ではない。

「あなた、ノエル様と個人的に会ったことがおあり？」

「はい、一度だけですが、マルグリットのお茶会でお会いしました」

「そう。なら話がわかりそうね」

グラスを傾けひと息に飲み干すと、ヴィオラは不敵に笑った。わかりそうねと言われてもわからないシャロンは目を丸くするが、マルグリットが説明する前にヴィオラの口がパカッと開き、

「いいこと、ノエル様のよさというのはね、見目の麗しさもあるけれど、それだけではないの。まとう空気……オーラとでも言いましょうか、指先の動きひとつ、視線の流れひとつで人の目をくぎづけにしてしまう力強さがあるのよ」

「……」

「いつのまにか心の中に入ってきてしまう……気づいたときにはすっかり虜になっているの……！　まさに魔性……まあ、あなた方はそんなノエル様はご存じないでしょうけれど。ふふん」

ちゃっかり優位をアピールして唇の端をあげるヴィオラに、シャロンの口元にもふっと

笑みが浮かぶ。

「わかりました……！」

（わかったんだ⁉）

「恋バナね……⁉」

「恋バナなの……‼」

「女子会にはこれしかないものね！」

片目をつむってみせるシャロンは、本当になんて頼りになる親友なのだろうと幹事（マルグリット）は思った。

「だいたい、ニコラス様もニコラス様なのよ……っ！　家のことで悩んでいらっしゃるなら、わたしに相談してくださってもいいじゃない⁉」

ダンッ！　と音を立ててグラスが置かれる。

「それを、ミュレーズ家の利益だなんて……っ！」

開始から一時間、すでにグラスはロックグラスに切（き）り替（か）わっており、その中身も濃厚（のうこう）で甘いジュースに移っていた。シャロンが据（す）わった目で力説するたびに、カットされた氷が揺れてカラカラと音を立てる。

（あら？　これ、お酒じゃないわよね？）

見た目だけはそういう雰囲気にしているけれども、ノンアルコールだ。同じボトルから飲んでいるマルグリットは酔ってはいない。

ラベルを確認するマルグリットの隣で、シャロンはジュースを呷る。

「ひとりで抱え込んで……メレスン侯爵がだめだって言うなら、いくらでも取引の仕方はあるのよ！　結婚は経営と同じ、報連相が大切なのに！　言ってくれれば、ふたりで打開策を考えたのに……っ！」

（シャロン、怒っていたのは家の話を出されたからだけじゃなかったのね……）

姉御肌なところのあるシャロンは、そうしたまわりくどい言い方をしてしまう前に、信頼できる相手として相談してほしかったのだろう。

そんなことを考えていたら、隣からも、ゴキュッ、ダンッ！　と景気のいい音が聞こえてきた。

「みみっちい男はやめて、ノエル様のような方をさがしなさいよ‼」

顔を真っ赤にしたヴィオラがきつい視線でシャロンを睨む。ついでになぜかマルグリットも睨まれる。

（ヴィオラ様まで⁉）

「あなたたち見る目がなさすぎると思うわ。どうしてノエル様が近くにいらっしゃるのにノエル様の魅力に気づかないの？　ノエル様のほうが一〇〇倍もいいじゃない！」

言ってから、ヴィオラはびくっと肩を震わせる。

「ちょっとマルグリット！　その顔やめて！」

「えっ！　お、怒ってましたか⁉　申し訳ありません、わたしはルシアン様が世界で一番かっこよくて素敵な旦那様だと思っているので……」

こわばってしまった口元をむにむにと押して、マルグリットは口角をあげる。

「魔王の顔で惚気ないで！　それを言うならノエル様なんだから。ノエル様は諸外国の知識も豊富だし、会話もとてもスマートよ」

「いいえ、ニコラス様です！　たしかに優柔不断なところもあるけれど、そのぶん思いやりにあふれていて、頭の回転は速いし……」

ふたりの熱気に押されて、マルグリットもグラスをぐいっと呷った。やはり中身はジュースなのだが、なんとなく負けたくないという気分になる。

「ルシアン様だって……っ、わ、わたしのこと、一日じゅう抱っこしていられるように、鍛えてくださってるし……っ」

「「いやそれはやりすぎじゃない？」」

スン……という顔になったヴィオラとシャロンにふたりがかりで指摘され、マルグリットはがっくりとうなだれる。

「どう考えてもノエル様！」

「ニコラス様！」

「……やっぱりルシアン様！」

テーブルの上で額を突きあわせ、三人はそれぞれの信じる〝世界で一番素敵な殿方〟の名を呼びあった。

数秒の沈黙と、睨みあい——そののち、

「……ぷっ」

「ふふっ」

「みんな、顔が真剣すぎるわよ」

ヴィオラの言うとおり、マルグリットはまだ目が笑っておらず、シャロンの目はドラゴンのように爛々と輝いている。でもそういうヴィオラも、耳まで真っ赤だ。

「好きな人が一番だもの、当然よね」

マルグリットの言葉に、ヴィオラとシャロンは素直に頷いて座りなおす——と思いきや。

「まあ、客観的に見れば王子であり見目麗しいノエル様が一番だけれどね」

「ルシアン様だって見惚れてしまうくらいかっこいいです……！」

「家柄も見た目も大事かもしれないけれど、それよりも大切なのは人となりでしょう⁉」

ふたたび、悋気バトルの火ぶたは切られたのだった。

盛りあがり尽くし、惚気を言い尽くしたところで、女子会もとい淑女のプチサロンはお開きになった。

ヴィオラとマルグリットはシャロンを玄関まで見送る。

「シャロン、あのね。ニコラス様からこれを預かっているの」

別れの挨拶を言う前に、マルグリットは一通の封筒をシャロンに渡した。中にはニコラスから託された招待状が入っている。そこに書かれた日時に、指定の場所へきてほしい、というのがニコラスの願いだった。

「ミュレーズ邸に何度行ってもシャロンが会ってくれないって、ニコラス様は落ち込んでいらっしゃったわ。わたしも、シャロンが怒っているのだと思っていたのだけれど」

今夜の様子を見て、マルグリットは考えを改めた。

ニコラスへの怒りは、口に出せていた。惚気は、それ以上に。シャロンはニコラスを認めているし、失言の仕返しに会わないという選択をするような令嬢ではない。

「もしかして、もっと言いたいことが――でも言えないことが、あるんじゃない？　それで、ニコラス様に会うのが怖いのかしらって」

マルグリットの言葉にシャロンは目を見開く。

「今日の会は……わたしを勇気づけるためだったの？」

「そんなに大袈裟なものじゃないわ。ただ、みんなの笑顔が見たかっただけ」

マルグリットも、ルシアンのことが好きだと自覚してからは、ルシアンを避けてしまった。告白されて、嬉しい気持ちと同時にその幸せを失うことを恐れもした。

封筒を持ったシャロンの手を両手で包み、マルグリットはほほえんだ。

「シャロンなら自分の気持ちを伝えられるはずよ」

「マルグリット……」

恋は人を幸せにするけれども、臆病にもする。

でもやっぱり、好きな人の隣にいたいと、誰だって願うものだから。

マルグリットのやさしいまなざしを見つめて、シャロンは口元をほころばせた。

(わたしが世話を焼いて、守ってあげなきゃと思っていたのに)

いつのまにか自分よりずっと成長していた親友を、シャロンはぎゅっと抱きしめる。

「……ありがとう、マルグリット」

身を離すと、シャロンはヴィオラに礼をした。

「ヴィオラ殿下も、またお会いいたしましょう」

「ええ、ごきげんよう。……まあ、がんばりなさいよ」

「ありがとうございます」

もう一度ヴィオラとマルグリットに頭をさげると、シャロンは馬車に乗り込み、帰っていった。

宴のあとの部屋はどこか寂しさを感じさせるのだということを、マルグリットはド・ブロイ家に嫁いできて初めて知った。

クラヴェル家で催していた夜会はマルグリットの差配でありながらマルグリットは参加できなかったから、ただ準備と後片付けに追われているだけの時間だった。でも、そこに笑顔があれば、すぎさった時間は名残惜しいものになる。

食堂に戻り、マルグリットは時計を見た。

早い時間から始めた女子会は、終わった今も寝るには少し早い。

「ヴィオラ様は部屋に戻られますか？　ここは今から片付けをいたしますので」

振り返ったヴィオラがばつの悪そうな顔をしていて、マルグリットは不思議に思った。

どうしたのかと尋ねる前に、ヴィオラはおずおずと口を開く。

「あの……あのね。ごめんなさいね……わたくし、あなたに、よくない態度をとっていたわよね」

「ヴィオラ様……酔っていらっしゃるのですか？」

「怒るわよ」

告げられた謝罪に、やはりアルコールが入っていたのかと空になったボトルを確認すると、ヴィオラは真顔になった。

「気になさらないでください。こちらこそ怖がらせてばかりで申し訳ありませんでした」

態度の悪さではなく与えたダメージの量で言えば、謝るべきはマルグリットなのだ。

そう言って困ったように笑うマルグリットを見つめていたヴィオラの表情が、不意にくしゃりと歪んだ。

「ヴィオラ様……？」

「楽しかった。わたくしにこんなふうに接してくれた人は、今までいなかったわ」

震えるヴィオラの声に、マルグリットは戸惑った。

楽しかったと言いながら、皺になるほどにドレスのスカートを握りしめ、ヴィオラは泣きだしそうな顔をしている。

「どうして――」

「あなたが愛しているのは、ド・ブロイ公爵なのね」

重苦しい吐息とともに、あれほど認めたがらなかった言葉が、ヴィオラの口からすべり落ちた。

(どうして、そんなお顔を)

「あなたはノエル様の愛人ではないのね」

マルグリットが答えられないでいるうちに、ヴィオラは言葉を続ける。

「なら――婚約を拒否しているのは、ノエル様のご意思なのね」

蜂蜜色の瞳から、ぽろぽろと涙が落ちる。小さくしゃくりあげながら、ヴィオラは諦めたように呟いた。

「わたくしは、ノエル様に愛されていないのね……」

何度も訴えて、認められなかった愛情。その理由をマルグリットは知った。

これが、ヴィオラの〝認めたくないこと〟だったのだ。

「カディナへ戻るわ」

両手で顔を覆い、ヴィオラは嗚咽を漏らした。

「ノエル様に愛されなかったら、わたくしなんてなんの価値もないの」

（あ……）

不意にこみあげてきた切なさに、マルグリットは胸を押さえた。

嫁ぐ前のマルグリットも同じだった。クラヴェル家では使用人よりも下に置かれ、お前には抵抗する資格もないのだと感情を封じられた。

（ルシアン様が愛してくださらなかったら、わたしも自分になんの価値もないと思い込んでいた）

それだけに、ルシアンを失うと思ったときの悲しみは深く……恐怖ですらあった。

（ヴィオラ様はあの恐怖の中にいらっしゃるのね）

そして、やり方は間違っていたが、必死に抗った。だからマルグリットはヴィオラが放っておけなかった。

無言のマルグリットにヴィオラは顔をあげ、ぎょっとした表情になった。

「ちょっと、どうしてあなたが泣くのよ……!?」

「え……?」

ぽとりとドレスに雫が落ちて、マルグリットは目を瞬かせる。頬に触れればたしかに温かな感触がある。

「な、なんでわたし、泣いてるんでしょう……?」

「知らないわよ! わたくしが先に訊いたのよ」

「その、思いだしたら、胸が苦しくなってしまって……」

自分の想いに気づかなかったマルグリットに、ルシアンは手をさしのべてくれた。好きだと言って、それを行動で示してくれた。けれど。

「以前のわたしは……自分が幸せになることを信じられなくて、ルシアン様から離れようとしてしまったのです」

「……だからあの甘やかしっぷりなの?」

「……そうかもしれません」

泣き濡れた瞳でじっとりとした視線を送られて、マルグリットは顔を伏せた。ルシアンが今やりすぎなくらいにマルグリットを甘やかしているのは、まだ自信の持てないマルグリットに、自分が愛されていることを実感させるためだ。

「ヴィオラ様も、ノエル殿下から離れようとしていらっしゃいます」

マルグリットはヴィオラの中に、過去の自分と同じ、臆病な恋心を感じとった。

でも本当の願いは違うはずだ。あれほどいきいきとノエルの好きなところを語るヴィオラが、ノエルから離れたいわけがない。

「ここにいてください」

マルグリットはヴィオラの手を握る。

「わたしは、ヴィオラ様の恋を応援します。わがままかもしれませんが、ヴィオラ様に諦めてほしくないんです！」

「マルグリット……」

ヴィオラは唇を引き結んだ。ひたむきなまなざしは、マルグリットが本心からヴィオラに寄り添おうとしていることを示している。

こんなことを言われたのも初めてだった。

カディナでの自分は、王家の威光を振りかざし、気にくわないことがあれば喚き散らしていた。それ以外に方法を知らなかったから。

──あんな王女では……。

冷たい声を思いだし、ぞくりと走った悪寒にヴィオラは自分を抱きしめる。

「わたくしは、自分が好かれるような人間でないことを知っているわ」

うつむいたヴィオラの口から、弱々しい言葉が漏れた。

「ノエル様が好きになってくださるはずがなかったの」

「いいえ、ヴィオラ様はかわいいお方ですよ。わたしが保証します」

あやすように肩を抱きよせ、マルグリットはほほえみを浮かべる。

「まずはノエル様とたくさんお話をしましょう。ヴィオラ様のことを知ってもらって……贈りものをしてもいいと思います。それで、自分の想いを伝えて」

「どうしてもだめだったら？」

「……そのときはシェアライン王家のお力に頼りましょう」

微妙な顔になったヴィオラの目を見つめ、マルグリットは言った。

「政略結婚から始まる恋もあります！」

「結局それ惚気じゃない？」

励まそうと思ったのに、ヴィオラは嫌そうな顔になってしまった。距離をとられて、マルグリットは焦って周囲を見まわす。

「ケーキ！　ケーキがまだありますよ。落ち込んだときには、甘いものを食べるのが一番です！　はい、あーん！」

「落ち込ませたのはあなたなのよ……」

「申し訳ございません……」

胡乱な目で見つめられて肩を落とすマルグリットに、ヴィオラは表情をゆるめ、くすりと笑った。

マルグリットが目を見張る。

「ケーキはもういいわよ。部屋に戻るわ。今日はノエル様の夢を見なくちゃ」

これまでとは違うやわらかなほほえみは、きっとマルグリットの真心が伝わった証。

マルグリットが見たいと思ったヴィオラの笑顔だった。

「おやすみなさい」

銀色の髪をなびかせ、ヴィオラは去っていく。その背中に礼をして見送り、マルグリットも片付けの指示をすべく、食堂を出ていった。

ベッドに寝転がり、マルグリットはぼんやりと天井を見上げた。自分の部屋とそろいの、けれどもどこか生真面目さを感じさせる天井なのは、視界の隅に入る飾り気のない書棚やヘッドボードのせいだろう。
（もしかしたらわたしも、酔っているのかも）

左手の薬指に煌めく指輪を見つめながら、マルグリットはそう思った。

今マルグリットがいるのは、ルシアンの部屋だ。横たわっているのはルシアンのベッド。ルシアンとマルグリットの自室を結ぶドアに鍵がかけられていたのは以前のことで、今では自由に行き来できるようになっている。

部屋には好きなときに入っていい、と言われている。でも、ルシアンのいないあいだにルシアンの部屋に入ったのは初めてだ。寂しくなったというよりは、愛おしくなった、と言ったほうが正しい。

盛りあがりに盛りあがった女子会で、ほかのふたりにつられてマルグリットもルシアンの魅力を説いた。ヴィオラの心に触れて、昔の自分を思いだした。

そのせいだろうか、片付けを終えてひとりになったマルグリットは、ルシアンに会いたくなってしまったのだ。

部屋には、甘やかされ続けたこの一週間ほどですっかりと馴染んでしまったルシアンの気配がある。

（わたしは幸せね……ルシアン様が帰宅されれば、お顔を見ることができるのだもの）

ヴィオラのために、なにか自分にできることはあるだろうか、とマルグリットは眉を寄せた。

帰宅したルシアンは、己(おのれ)のベッドで己の枕(まくら)を抱えて安らかな寝息(ねいき)を立てる妻を発見し、しばし魂(たましい)を宙に飛ばした。

マルグリットに他意はなく、自分が一瞬(いっしゅん)期待してしまったような意図ではないことは理解している。とはいえ疲(つか)れて帰宅した身にはこのご褒美(ほうび)は甘すぎた。

今夜のルシアンは、メレスン侯爵家にニコラスを訪ねた。ニコラスの父ドミニクも同席して、食事がてら事業の提携について語りあうつもりが、ついうっかり「妻もシャロン嬢と食事をしているようだ」とこぼしてしまったがために帰してもらえなくなった——そのうえ、ミュレーズ家から招待状の返事を携(たずさ)えた使者がやってきて、そこからさらに盛りあがってしまった。

最後にはドミニクもミュレーズ家との共同事業に乗り気になっていたから、結果よしと言えるけれども、酒宴(しゅえん)の場が苦手なルシアンにとっては疲れたことには変わりなく。

帰宅して、迎えに出なかったマルグリットに、もう寝ているのだろうと合点したルシアンはひとりで就寝の支度(したく)をすませ、自室へ戻った。

予想どおりマルグリットはすでに眠(ねむ)りについていた。ただし予想外の場所で。

おまけに、抜けた魂をようやくとり戻そうとしていたルシアンの前で、マルグリットは眉を寄せたかと思うと、

「だから……っ！　いちばんかっこいいのは、ルシアンさまです……っ！」

と小さな叫びをあげた。

（……俺の心臓を握り潰(つぶ)す気か……？）

無自覚にこういうことをするからますます愛おしさがつのるのだ。

そっとベッドに入ると、まとめたままになっていた髪のリボンをほどき、ルシアンは目を細めてマルグリットの頬を撫でる。

ふる、と亜麻(あま)色の睫毛(まつげ)が震えた。ゆっくりとまぶたが開き、まだ夢見心地(ゆめみごこち)な青い瞳が自分の隣に現れた人影(ひとかげ)をとらえる。

「……ルシアン様……？」

「ああ、ただいま」

気を遣(つか)ったつもりだったが起こしてしまった。

「このまま寝ていていい」

むしろ、ここにいてほしいというのがルシアンの希望だ。

髪を撫でる手にマルグリットはにこりと笑顔を見せ、

「お会いしたかったです」

希望どおりルシアンの胸に額をあずけると、またすやすやと寝息を立て始めた。

「……」

顔を真っ赤にし、妻の顔を見つめるルシアンが寝入ることができたのは、明け方近くに

なってからで。

その睡眠も、目覚めた瞬間にマルグリットがあげた驚愕の叫びによって数時間で破られることになるのだが。

翌日の使用人たちは、いつもより機嫌のよいルシアンと、いつもより顔を赤くしているマルグリットに、なにかがあったことを察した。

引き立てられてきた男たちに、事務官は無感情な一瞥を投げた。

ぼろぼろの衣服を身にまとい無精ひげを生やした彼らは、国境付近で捕縛された。近ごろカディナからリネーシュへ密入国を図る輩が増えていた。ここクラヴェル領でも、毎週のようにこうして捕縛された者たちが連れられてくる。

国交が結ばれ、リネーシュに関する情報が流れた結果、違法でない人や物の流入もたしかに増えている。

だが今回に限っては、そういった理由ではないことを、事務官は見抜いていた。

「貧しさに耐えかねてカディナから逃げだしてきた、となｰ」

調書を読みあげる事務官に、ひとりの男が「はい、はい」と頷いた。

「今年も不作になるでしょうから、食糧の豊富なリネーシュへと思いまして」

「カディナではなにをしていた？」

「とある村の、しがない農民でした。こちらにおいてくださるなら、小作でもなんでも」

「悪いがそれはできんな」

「ではカディナへ戻らなければなりませんか」

「それも違う。お前は王都へ護送する」

首を振る事務官に、男は怪訝な顔になった。

「王都へ？　なぜ？」

「身分を偽ってまでリネーシュへの入国を企んでいるからだ。わしでは判断がつかんから、お前の身柄は領主様の裁量に任せる」

さっと男の顔色が青ざめる。

「なんのことか……」

「とぼけるな。歩き方と話しぶりを見ればお前が農民ではないことくらいわかる。これみよがしなぼろを着おって」

風体を変えても、身体に染みついた所作は抜けない。ぞんざいな言葉遣いにしても、細かな発音までは演じきれない。元貴族の自分からすれば、都市に住む者と村に住む者の区別ははっきりとつく。

壁際に控えている兵士たちに顔を向けると、事務官は冷たく言い放った。

「縄を二重にかけて連れていけ。くれぐれも逃がすなよ」

「くそ……っ」

「おい、暴れるな！」

破れかぶれに逃げだそうとする男たちをすげなく押さえつけ、兵士たちは命令どおり二重の縄をかけるべく彼らを引きずっていった。

事務官は隣の書記官を振り向いた。自分が新しい事務官としてこの仕事に就くまで事務官をしていた彼は、たれさがった眉の奥に目が隠れてしまうほどの老齢で、仕事を引き継いでくれる者が現れたことをたいそうよろこんだ。

「今のことを、領主様にお手紙をさしあげてくれ」

「身分を偽りし者あり、ですじゃな」

眉と同じく長くのびた白髭を撫でつつ、書記官は「ふぉふぉふぉ」と気の抜けた笑い声をあげた。

「モーリス殿がきてくださって、ようございました。わしでは見抜けませんでしたじゃろうから」

黙り込んだままの事務官に気を悪くした様子もなく、書記官は筆をとりあげた。

「クラヴェル伯爵領主、マルグリット様、と……」

馴染みの名にモーリスは目を閉じる。

このあたりは、マルグリットに管理を任せていた地域だった。役人たちにとっては昔から領主はマルグリットで、モーリスが王都を追放された元クラヴェル領主であることなど誰も気づかない。

十年以上訪れていなかった領地は、そのあいだに発展を遂げていた。整備された交通網に、横流しされることもなく備蓄された食糧。村を歩けば、記憶になかった場所まで開墾され、大型の家畜たちも増えていた。

「暮らしは楽になったよなあ」

「食糧がいきわたるようになって、ド・ブロイ領との諍いも減ったからね」

領主様のおかげなのです、と誰もが口をそろえて言う。

とくに町は人口も多く、暮らしに余裕のある役人たちは、深く詮索もせずにモーリスを雇ってくれた。

クラヴェル領が発展したのがマルグリットのおかげなら、貴族籍を剥奪され、失政の責任を問われるはずのモーリスがこうして暮らしていられるのも、マルグリットのおかげだ。

「モーリス殿の働き、本当に領主様へご報告しなくてよろしいのか？　名前すらも出さずというのは、わしのほうも良心が咎めるのですが」

「ええ。わしは罪を犯しました。今さら人目に触れたくはありません」

とくに、娘の前には。

もうひとりの娘イサベラにどのような裁定がくだされたのかを、モーリスは知らない。王妃エミレンヌの前に引き出され、しばらく同じ牢に閉じ込められたが、そのうちイサベラだけが牢からどこかへ移された。

「そうか。いずれその罪が許されますように」

同意も否定も口にできないモーリスは言葉を返さなかったが、老人もやはり気にした様子はなかった。

# 第三章 ✦ 二歩目を踏みだすお茶会

情熱的な薔薇の花で飾られた室内を、ニコラスはそわそわと歩きまわっていた。

予定より一時間も早く、緊張を顔いっぱいに表して現れた侯爵令息を、馴染みのシェフはぽかんとした顔で迎え、「まあ、ニコラス坊ちゃんがそんな顔をなさる日がくるなんて」と呟いた。

少しでも大人びて見えるようにと、髪型はいつもと変えて後ろに撫でつけた。ジャケットもこの日のために仕立てたものだ。

指先は何度もポケットの中の小箱をさぐってしまう。

受けとってもらえなかったら、ディナーをする気分にはなれそうもない。けれど、なにくわぬ顔で先に食事をすませることもできそうにない。

「ミュレーズ様のご到着です」

案内の者の声にニコラスは慌てて戸口へと駆けより、目を見張った。

シャロンもまた、この日のために仕立てたのだろうドレスを身につけ、髪をアップにまとめた艶やかな装いをしていた。

「……きれいです」

挨拶もそこそこに思わず漏れた台詞にシャロンが頬を染める。その表情に胸が締めつけられるようで、ニコラスの頬も赤くなった。

ルシアンは、思わず本音がこぼれてしまったと言っていた。その気持ちが今のニコラスにはよくわかった。

こうして自分を意識してくれるシャロンが、愛おしくて仕方がない。

まずはドリンクで互いに気持ちを落ち着けようだとか、そうしたらあらためて失言を謝ろうだとか、色々と考えていた段どりはすべて吹き飛んでしまった。

この想いを隠しておけというほうが無理というもの。

手をとり、テーブルではなくソファへシャロンを導くと、ニコラスは膝をついた。

クッションとサテンの敷かれた小箱の中に燦然と光るのは、ダイヤモンドの指輪だ。

驚きの表情を浮かべるシャロンの前に、小箱がさしだされる。

「シャロン嬢。俺と結婚してください」

言うべきことはこれだけだったのだとニコラスは思った。ニコラスの名とシャロンの名、気持ちを伝えるのに必要なのはたったそれだけ。

シャロンにもその想いは伝わった。

潤んだ目が細められる。口元は花がほころぶようにゆるみ、まぶたの奥で濡れた瞳がきらきらと輝いた。

「はい……！」

震えそうになる指でシャロンの薬指に指輪を通すと、ニコラスはその身体を思いきり抱きしめた。


しばらく、ニコラスとシャロンは肩を寄せあって座っていた。ベルを鳴らせば食事は始められるのだけれど、この幸せな時間をもう少しふたりきりで味わっていたかった。

ふと、シャロンの口元に微笑が浮かぶ。

「それで、お父様の了承は得られましたの？」

「お見通しでしたか」

「わが家でも反対されましたもの。……黙らせましたけれど」

（強い）

最初からシャロンはニコラスと結婚するつもりだったのだ。そこまでしてニコラスのあの台詞では、怒りたくもなるだろうと今ならわかる。

「カディナとの交易を成功させることを前提に認めさせました。メレスン家とミュレーズ家の共同事業です。のってくれますか？」

「あら、結局家の話ですの？」

「いいえ、これは、俺とあなたのための事業です」

くすくすと笑うシャロンの手をとり、甲(こう)に口づける。その薬指に自分の贈(おく)った指輪が光るのを、ニコラスはほほえんで見つめた。

メレスン家当主であるドミニクが好きにしろと言った以上、全権はニコラスに委ねられた。そしてニコラスはシャロンをパートナーに選んだ。

交易とは、ただでたらめに売れそうなものを輸出入すればいいというものではない。そこには核(かく)が必要だ。

「俺の幸せは、あなたの笑顔(えがお)。なら――」

その言葉を裏づけるように、幸せそうにニコラスは笑う。

「あなたの夢はなんですか？ それを叶(かな)えるための事業にしましょう」

思ってもみなかった言葉にシャロンは息を呑(の)んだ。

――シャロンなら自分の気持ちを伝えられるはずよ。

マルグリットの言葉が耳によみがえる。

ニコラスには言ってないけれど、彼と出会う前に一度だけ、シャロンは親の勧(すす)めで歳(とし)の近いとある令息と食事をしたことがあった。その席で夢を語ったシャロンに、彼は皮肉げに唇(くちびる)をつりあげて言ったのだ。

――ミュレーズ家のご令嬢(れいじょう)が、なんとまあかわいらしい夢を。

それよりも事業の話をしましょう、と彼は言った。シャロンのことを、大事業主の令嬢だとしか見ていないことがわかる目つきで。

事業で財を成したミュレーズ家の令嬢として、シャロンも経営に関する知識は叩き込まれている。その気になればひとりで生きていくことだってできる。

そんな自分には似合わない夢だとわかったから、それ以来誰にも言ったことはない。

ニコラスに家の話を持ちだされて、気丈にはねのけたけれども、シャロンは怖くなった。ニコラスもミュレーズの家を見ているのだろうかと。

けれど、マルグリットが開いてくれた女子会は、弱気になっていたシャロンにひとつのことを思いださせた。

(わたしが好きになったニコラス様は、そんな人じゃないわ)

ニコラスは尋ねてくれた。シャロンが大切にしていることを知りたいから。それはつまり、シャロンを大切にしたいからだ。

「わたしの夢は――」

はにかんだ笑みを浮かべ、シャロンはニコラスの耳元に唇を寄せた。

「素敵な花嫁さんになることですの」

真っ白なドレスを着て、ロングベールをかぶり、手にはリボンのついたブーケを持って。愛しい婚約者の手をとり、祝福されながら婚礼の道を歩く。それが、幼いころからのシャロンの夢だった。

　事業を成功させるよりもずっと難しい。ひとりでは、叶えられない夢だ。

「……」

「……ニコラス様？」

　やはり似合わない夢だっただろうかと、落ちた沈黙(ちんもく)に不安になって視線を向ければ、ニコラスは赤くなった顔をそむけて胸を押さえていた。

「いや、ちょっと……思いがけない一面にときめきが止まらなくて」

　格好をつける余裕(よゆう)もないほどに胸を高鳴らせているらしい。

「かわいすぎるだろ……」

　ぼそりと呟かれた言葉に、シャロンの頬にもじわじわと赤みが移る。

　ようやく呼吸を整えたニコラスは、シャロンに向きあうとまだ赤い顔のままにっこりと笑った。

「わかりました。その夢、俺も全力で叶えたいと思います」

（やっぱり、ニコラス様が世界で一番いい男じゃない）

　先の夜の女子会(プチサロン)を思いだし、シャロンはほほえむ。

「では、ニコラス様」

　幸せに包まれながら、シャロンはニコラスの肩に頭をもたせかけた。ニコラスがそっとその肩を抱きよせる。

「早いうちに事業の申請をしてしまいましょう。事業内容はウェディングに関する品物全般ということで。最初から手広くはできませんから、まずはドレスとタキシード、小物を中心に。必要な交易品目をとりまとめて三日以内にお届けしますから、目を通して可否を判断してくださる？」

「え、あ——はい」

「なんでしょうか？」

「……いえ、問題ありません。仕事モードもかわいいから」

一瞬真顔になったニコラスは、すぐに蕩けるような笑顔に戻った。

涼やかな風が吹き始めた庭園で、マルグリットは笑顔いっぱいにシャロンを迎えた。
「婚約おめでとう、シャロン！」
「ふふ、ありがとう。マルグリット」
両手を広げて互いを抱きしめあい、親友ふたりはよろこびを表した。隣にはルシアンとニコラスもいる。このところ表情を曇らせていたニコラスも、今日は幸せそうな笑顔を見せていた。

「事業の準備も順調そうね」

「マルグリットのおかげよ」

ニコラスから夢を尋ねられたとき、思いだしたのはマルグリットの言葉。似合わないと言われそうな夢をうちあけたシャロンを、ニコラスはかわいいと言ってくれた。

頬を染めるシャロンを見て、マルグリットも目を細める。

そのかたわらではルシアンとニコラスが、無言でこぶしを突きあわせていた。

最後にやってきたのはノエルだ。

「お久しぶりです、ノエル殿下」

ルシアンを代表に、そろって頭をさげる四人を見て、ノエルはにこりと笑う。

「久しぶりだね、ルシアン、マルグリット夫人。それから婚約おめでとう、ニコラス君、シャロン嬢。新しい事業を始めるんだって？　メインはウェディング・ドレスだって聞いたよ」

（あいかわらず情報が早いわ……！）

笑顔のまま、マルグリットは内心で顔をひきつらせた。ニコラスとシャロンも同じだろうに、そこは商魂のたくましさの違いなのか、

「嬉しいお言葉ありがとうございます。つきましては、ノエル殿下にもお力添えをいた

だければと思うのですが」

「ああ。カディナとの交流が深まればこちらもありがたい。できることは協力させてもらうよ」

如才なくノエルの協力をとりつけたシャロンを、マルグリットは尊敬の視線で見つめた。

「ところで、ヴィオラ王女は？」

ノエルが視線をめぐらせた。お茶会の支度がされた庭園にいるのは、ノエルのほかに、出迎えた四人しかいない。

ノエルの問いに、マルグリットは目を泳がせる。

「あ～、その、ヴィオラ様は……体調不良、でして……」

「ということは体調不良じゃないんだね？」

言い淀んだ理由をすぐに見抜き、ノエルはにっこりとほほえむ。マルグリットはルシアンを見るものの、

「ぜひ会いたいと伝えてくれるかな？」

ルシアンが助け船を出す前に、ノエルは逃げ道を塞いでしまった。

弱々しくドアをノックし、マルグリットは祈るように手を組んだ。

「ヴィオラ様あ、出てきてくださいい～～～」

「あなたなに考えてるの⁉　信じられない‼」

縋る声を発するマルグリットへ、ドアごしの怒声が飛ぶ。

「ノエル殿下もいらっしゃいましたし、ご挨拶だけでいいですから！」

隣国の王女ヴィオラをド・ブロイ公爵邸にあずける形になったノエルが、彼女の様子を知りたいと面会を求めるのは当然のことだ。

そもそもなぜヴィオラがお茶会にいないのかといえば、

「ノ、ノエル様とお茶会なんて……っ！　できるわけがないじゃない！」

ドアの内側でマロンを抱きしめながらヴィオラは青ざめた唇を震わせている。粘りに粘ってようやくなついてくれたマロンは、やや迷惑そうにヴィオラを見上げて「ニャア」と鳴いた。

その反対側で、マルグリットはドアに額をつけて落ち込んでいる。

「ヴィオラ様がよろこぶと思ったんです……」

ヴィオラの恋を応援すると約束したマルグリットは、まずノエルとヴィオラの距離を縮めることだ、と考えた。新たな事業を始めようとするニコラスとシャロンも、ノエルと話す機会を願っていた。

（なら、以前のようにお茶会を開けばいいわね）

思いついた妙案に、マルグリットは手を打った——のだが。

　これまでの勢いはどこへやら、ノエルに会うとなった途端に、ヴィオラは塩をふりかけた菜っ葉のようにしおしおとくずおれてしまった。

　あの猪突猛進な態度は、ノエル本人を相手にすると隠されてしまうらしい。そういえば晩餐会で出会ったときも、ノエルに声をかけられたヴィオラは借りてきた猫のようになっていた。

「会わなければなにも始まらないと思うのです……」

　沈んだ声のマルグリットに、ヴィオラはマロンの毛に顔を埋めてうつむいた。

「だって、ノエル様に嫌われたくないんだもの……」

「ヴィオラ様……」

「王宮にいたときもわたくし、ノエル様のあとをついてまわっていたのだけれど、ちっとも話しかけられなくて……なんだこいつって思われていたに違いないの……」

「ヴィオラ様……」

　晩餐会でのノエルの困った笑顔を思いだし、マルグリットもなんともいえない顔になる。

「体調不良だと伝えたのでしょう？　わたくしがいなくともノエル様は気になさらないはずよ」

「そんな――」

　そんなことはない、と言おうとしたマルグリットの肩を、誰かが叩いた。

振り向けば、立っていたのは緊張した面持ちのルシアン。

ルシアンの隣には、にこにこと笑顔を見せるノエル。

「⁉」

仮病が露見しないように、ノエルにはお茶会の席で待ってもらっていたはずである。

飛びあがりそうになったマルグリットに、唇に人差し指を立て、ノエルは「しー」といたずらっぽく笑った。と思えば、

「マロ〜ンマロマロ、マ〜ロちゃん♪　マロマロマロリン、出ておいで〜♪」

「！？！？」

ノエルの口から飛びだした〝呪文〟にルシアンもマルグリットも目を剝いた。

「そこにノエル様がいらっしゃるの⁉」

ノエルの声を聞いたヴィオラもドアの向こうで悲鳴のような声をあげている。

そうこうしているうちに「ウナアッ」と気合の入ったマロンの鳴き声が聞こえ、ガチャガチャとドアノブが動きだした。

「マロンちゃん！　待って、待って……！」

ヴィオラの懇願むなしく、ドアがすーっと開き、隙間からマロンが顔を覗かせる。

「ニャア」

「久しぶりだね、マロン」

床を蹴って腕の中に飛び込んでくるマロンを、ノエルはやさしく抱きとめてやる。

ドアはさらに開き、慌てた顔で手をのばしたまま硬直しているヴィオラの姿が現れた。

ボリュームの少ないブルーのドレスは少人数のお茶会にふさわしく落ち着いた雰囲気をまとわせているし、ハーフアップにまとめてシルエットをすっきりさせた銀髪もドレスに映えている。

ノエルの前に出るのになんの問題もない——とヴィオラに笑顔を向けようとして、マルグリットははっと気づいた。

動転したままマロンを引きとめようとして反撃をくらったのだろう、ヴィオラの左頰には、肉球の跡がくっきりとついていた。

爪を立てることはないが、マロンの猫パンチは強烈だ。

「ヴィ、ヴィオラ様！　マロンが申し訳ありません——」

「……ぷっ」

しかし、駆けよろうとしたマルグリットの耳に届いたのは、思わず出てしまったといったノエルの笑い声で。

どうにか抑えようとしているらしい声は、それでも「くくく」から「ふふふ」へ変化して、最後にはノエルは腹を抱えて笑いだしてしまった。

ノエルは部屋に入ると、ぽかんとその笑顔を見つめているヴィオラの、肉球スタンプの残る頬にそっと触れた。

「大丈夫、すぐに消えますよ。……これがあるから、ぼくには会えないと？」

そう問われてしまえば、本当はノエルに相対する自信がなかったとは言えず、ヴィオラは頷いた。

「淑女の顔にこんなものを残すなんて、マロンを選んだぼくにも責任がありますね。どうかお詫びをさせてくれませんか」

上目遣いに蜂蜜色の瞳を覗き込んだノエルが、ヴィオラの頬にキスを落とす。

「……っ!?」

「これでお許しを」

真っ赤になったヴィオラはおそらくなにが起きたのかわかっていないに違いない。

「あなたがいなければお茶会は始まりませんよ。どうぞぼくと庭へ」

「は……はい……！」

手をさしのべたノエルに、ヴィオラがかぼそい声で答えるのが、マルグリットの耳に届いた。

ノエルの協力（？）により、時刻に遅れがあったもののお茶会は無事に始まった。

今回は円形のテーブルを用意して、ノエルの両隣にはヴィオラとニコラスが座るようにした。ニコラスの隣はシャロン、ルシアン、マルグリットと並ぶ。

皿にはリネーシュではめずらしい菓子がのっていた。丸い小さなもので、茶色いパウダーがかかっている。

ひとつを手にとり、香ばしい香りにノエルは感心した顔になった。

「これはカカオかい？　液状のカカオはたまに飲むけど、固まっているのは初めて見た」

「はい。カカオとミルクを混ぜたもので、チョコレートという菓子です。作り方はド・ブロイ家のパティシエが調べ、ヴィオラ様にも確認していただきました」

「えっ、あ、おほほ、確認しましたわ」

急に水を向けられたヴィオラは挙動不審になりながらも頷く。お茶会で出したいからと頼まれ、ド・ブロイ家のキッチンでパティシエが調理するのを見守った。けれども王族のヴィオラに具体的なレシピなどわかるわけもなく、いっしょに見ていたルシアンが終始マルグリットを抱きしめていたので、暑苦しさにチョコレートが溶けるかと思っただけだった。

澱んだ目になったヴィオラに気づかず、ノエルはぱくんとチョコレートを口に含む。途端、緑色の瞳がきらきらと輝く。

「これはおいしいね」

ニコラスやシャロンもノエルにならってチョコレートを味わい、「おいしい」と頬を押さえた。

「カカオはカディナの特産で、リネーシュにはほとんど入ってきませんでした」

これまでは直接の通商をしていなかったため、他国を経由したものがわずかに手に入る程度だった。

「ド・ブロイ領では、小麦などの主食糧と引き替えに、こうした希少価値の高い作物を輸入する予定です。うまくいけば栽培もできるでしょう」

「なるほどね」

ルシアンの説明にノエルは頷きを返す。

「メレスン家およびミュレーズ家は、共同出資した事業を立ちあげ、布や宝飾品の輸入をしたいと考えております」

「カディナの絹織物は織り方も違い、独特の光沢がございますわ。また、カディナは大陸有数の鉱山を持ち、貴金属の加工技術もあります。異国の装いは、リネーシュでも貴族たちの注目の的になるでしょう」

「母上が好きそうな話だね」

ノエルは興味深げに目を細め、ニコラスとシャロンを見た。

「宝石には目利きが必要だろう。あてはあるのかい？」

「最初の数か月は、メレスン家とミュレーズ家の抱える職人たちをカディナに派遣します。

ノエル殿下にはそのご協力をお願いしたく」

「技術交換か。そう言われれば、カディナからも打診があった。クラヴェル領の安定した農業技術を学びたいと」

思わぬタイミングで名を挙げられて、マルグリットは首をかしげる。

「クラヴェル領のですか？　特別なことはしておりませんが……収入の一部を設備の投資に充てているのと、領地内の地域ごとに天候、各作物・畜産物の収穫量、産業の状況、人口などを毎月確認して、見通しを立てているだけです」

「……地域ごとに……？」

「……天候、収穫量、産業、人口を」

「……毎月確認……？」

「……え？　そんなに変なことは言っていない……ですよね？」

なぜか、ノエル、ニコラス、シャロンに信じられないものを見るような目で見られて、マルグリットは困った顔でルシアンを見る。

「……まあ、それがマルグリットのいつもどおりではあるな」

が、ルシアンは腕組みをして目を逸らしてしまった。

「それ、たぶんマルグリットだからできていることよ」

こめかみを押さえながらシャロンが言う。

「実際にマルグリットのやり方を踏襲したド・ブロイ領でも経営は安定した。だが、シャロン嬢の意見には俺も賛成だ。マルグリットにしかできない」

「え？」

「え、え？」

「あの広大な領地の、全地域の情報を把握していると……？」

「だって、把握していないと適切な指示が出せないですよね……？」

ニコラスからも驚愕の視線で見られ、マルグリットはへらりと笑顔を作った。

「領地経営とは、そういうものでは……？」

クラヴェル家にいたころ、領地の半分は父から押しつけられてマルグリットが管理していた。さらに父の補佐をすることもあった。そして金のかかる妹イサベラのため、税収が減ることは許されなかった。むしろ増やし続けなければ叱られた。

晩餐会に出ることもなく、シャロン以外の貴族令嬢と交流することもなかったマルグリットは、ひたすらに領地の経営に励んだ。

適当なことを言えば、役人たちは混乱してしまう。逆に、きちんと見通しを示せば、マルグリットが王都にいようとも経営はなんとかなった。

「最近では、ド・ブロイ領の地理や気候、主要な交通網、商工業もマルグリットは把握している」

「はい。ルシアン様の補佐をするためにも、ド・ブロイ領とクラヴェル領で連携した政策を考えるためにも、必要な情報ですので」

ちなみにルシアンから逃げまわっていたころ、領地へ旅立つ前のアルヴァンとユミラを質問攻めにし、ユミラをまた泣かせてしまったのもマルグリットの苦い思い出である。

「ド・ブロイ領がマルグリットの手法をどうにか真似できているのは、領地に詳しい父上と王都や国内の産業に詳しい母上、俺の三人で分担しているからだ」

「クラヴェル家が、あなたでもってたのは知っていたけれど……」

そこまでのことをこなしていたとは知らずに、シャロンも呆然とマルグリットを見つめている。

（マルグリットが今回の事業に参加してくれたら心強いけれど、これ以上仕事を増やしてはいけないわね……）

ちらりとルシアンを見ると、シャロンの内心を察したらしいルシアンも眉間に皺を寄せて頷いた。

ノエルも察したのだろう、視線を向けたのはマルグリットではなくルシアンで、

「ルシアン。カディナに技術として渡せるよう、マルグリット夫人の知見をまとめることはできそうかい？」

「お時間をいただければ、おそらく」

「ルシアン様、わたしも――」

手伝いますと言いかけたマルグリットの口にチョコレートを押し込み、ルシアンはノエルに向きなおった。

「そのかわりと言ってはなんですが、例の手配はよろしくお願いします」

「うん。この前の件でも便宜は図ると約束しているしね」

よくわからないけれど、自分は手を出してはいけないらしい、とマルグリットは悟る。

(それにしてもおいしいわ、このチョコレート……！　ヴィオラ様はこうしたものをカディナで食べていらっしゃるのね)

落ちそうになる頰を押さえ、マルグリットはノエルの隣に座るヴィオラへ笑顔を向けた。

だが、マルグリットの予想に反して、ヴィオラは青ざめた顔で冷や汗をかいていた。

(どうしましょう、まっったく話に入れないわ……！)

当初は貴族たちとやりとりをするノエルに見惚れていたヴィオラだったが、話題がカディナのことだというのに有益な情報を披露することもできず、ただ相槌を打つことしかできない。

チョコレートは日常的に食べていた。それが王家の特権ともいえ、希少な菓子であることは理解していたが、カカオの栽培方法も調理方法も知らない。ドレスも宝石も当然のように身に着けているけれども、他国との交易となると話はわからない。

領地経営に関するマルグリットの発言を聞くにあたり、焦りはいよいよ増した。

自分がカディナで侮っていた貴族たちは、自分の知らない仕事をこなしていたのだ。

父母や兄姉たちもこうして貴族たちとよく会議を開いていた。そこで交わされる議論はヴィオラには理解できなくて、その負い目を目下の者たちにぶつけてきた。

（やっぱり、部屋にいればよかった）

テーブルの下で、ヴィオラが震えるこぶしを握りしめたときだった。

「ヴィオラ殿下にも、わたしどもの事業に協力いただければ嬉しいと思いますわ」

名を呼ばれ、驚いて顔をあげるヴィオラに、シャロンがほほえみかけた。

「たとえば、そう、新しく設立する商会の顧問になっていただくとか」

「わたくしが……？」

「カディナ出身の方がいらっしゃるというのは心強いですし、カディナ国内の貴族の皆様や商会の方々とも面識がおありかと思います」

「ぼくからもお願いしたい。両国の友好のためにも」

「ええ、それはもちろん……」

ノエルにも見つめられ、動揺しつつもヴィオラは答えた。

「でも、わたくしがお役に立てるのかは……」

すっかりとしおらしい態度のヴィオラにノエルはくすくすと笑い、まだほんのりと赤みの残る頬に触れた。

「言ったでしょう。遅いことはない、って」

(あ……)

マルグリットはまじまじとノエルの表情を見てしまった。

やさしいまなざしをヴィオラに向けるノエルは、これまでマルグリットが見てきた彼とはまた違っていて、

(ノエル殿下も、ヴィオラ様のことを……?)

そんな思いを抱かせるには十分だったから。

「ノ、ノエル様……!」

しかし肝心のヴィオラはといえば、その日二度目の接触に、顔から湯気を吹きそうなほど真っ赤になって目をまわしている。

くらくらと椅子に沈み込んでしまったヴィオラを支えてやりながら、ノエルは口元に人差し指を立てて見せ、「しーっ」と笑った。

お茶会は大成功といえた。ニコラスとシャロンは新規事業に両国の王族の協力をとりつ

けることができたし、ノエルとヴィオラの距離も縮まった。

ルシアンには仕事が増えてしまったけれどもマルグリットが手伝えるし、リネーシュとカディナの関係が深まって人や物の往来が増えれば、ド・ブロイ領やクラヴェル領もさらに発展するだろう。まさにお茶会は大成功だった——と、思うのだが。


マルグリットは、自室で、ルシアンの膝の上にいた。

背後から抱き込むように腕をまわしたルシアンは、横顔の一部しか見えないけれども、目を閉じ眉(まゆ)を寄せて悩(なや)む顔をしていた。

その表情を息をひそめてうかがいながら、マルグリットも眉を寄せる。

(国境沿いの不審な動きの件かしら……?)

部屋に閉じこもってしまったヴィオラを訪ねる直前、ルシアンとマルグリットは密入国者の増加をノエルに報告した。

「——というわけで、その者たちは現在王都へ向けて護送中とのことです」

「クラヴェル領の役人から報告が共有され、ド・ブロイ領でも確認した結果、身分を低く偽(いつわ)ったと思われる入国が数件ありました」

そんな嘘(うそ)をついたところで利益はなさそうだが、位があがればあがるほど行動は制限されるものだ。支配階級だと言うより流れの職人だと言ったほうが動きやすい場合もある。

「ヴィオラ殿下がいらっしゃったばかりのころ、屋敷(やしき)のまわりにも何人か」

「密偵、か」

ノエルがぽつりと呟いた。

「リネーシュとカディナの国交に反対する勢力がいるのですね？」

「そりゃあね、どこの国にもそういう輩はいる」

含みのある言い方にルシアンは眉をあげた。

「明かせない相手ですか？」

「目星はついているんだけどね」

ノエルは肩をすくめる。

疑いをかけ、それが誤りだった場合に、リネーシュが責任を問われる立場の者。

（……王族？）

なら、ヴィオラにも関係がある。

「狙いがどこにあるのか、ぼくらもまだわかっていないんだ。だから、少し、ひっかきまわしてみようと思っているけど」

不穏な笑みを浮かべたノエルはそれ以上を語らぬまま、表情を引きしめた。

「ド・ブロイ家とクラヴェル家の連携、まことにすばらしい。国王・王妃両陛下にもお伝えしておく」

「お褒めの言葉、ありがたく頂戴いたします」

王家としての口調でそう言われては、それ以上尋ねることはできず、話の終わりを悟ったマルグリットはヴィオラを呼びに屋敷へ向かった。

（カディナでなにが起きているのかしら……）

深刻な表情になっていたマルグリットだったが、徐々にその顔は赤らみ、肩がぷるぷると震えだす。

背後のルシアンが、おろしていた髪に指を通したかと思うと、口づけを降らせ始めたからだ。

（ひゃ……耳に吐息が……）

もとは、難しい顔で考え事をするルシアンがマルグリットに対して怒りを抱えているわけではないと示すために始まったその行為は、彼のくせになってしまったらしい。領地の経営に悩んだとき、判断がつかないとき、ルシアンはこうしてマルグリットを抱き枕がわりにする。

ヴィオラに見せつけるためのあれこれで慣れたかと思いきや、ふたりきりのときの——かつ考え事をしているときのルシアンの密着度は容赦がなかった。

（ルシアン様、よほど気がかりなのね……）

そわそわもじもじと身体を揺らすマルグリットを腕の中に閉じ込めたまま、ルシアンもノエルとの会話を思い起こしていた。

ただしルシアンの頭にあったのは、マルグリットが屋敷に入ったあとの会話だ。

「――マルグリット夫人にサプライズを計画しているらしいじゃないか」

いたずらっぽい笑みにルシアンはテーブルへ戻ろうとしていた歩みを止めた。

もとはマルグリットに秘密にするつもりはなかった。けれども晩餐会のあの夜にヴィオラに遮られ、タイミングを計っているうちにニコラスとシャロンのことが持ちあがり、なぜかマルグリットがヴィオラを連れ帰ってきて……言わないままに準備が進んでしまっているだけだが、そんな恨み言は口に出しても仕方がない。

これはノエルなりの、遠まわしな協力の申し出だ。

「……ええ、頼らせていただくことも多くなると思います」

「また君たちに借りができそうだからね。全力を尽くそう」

予想どおり、ルシアンの言葉に、ノエルはそう請けあってくれたのだった。

(マルグリットに明かせるのは、数か月後になるか)

思いがけず話が複雑になったことで、時間はかかるが予定していたよりも盛大なものになりそうだ。

その様子をまぶたの裏に思い浮かべ、ルシアンは口元をほころばせる。

「あの、ルシアン様」

腕の中でされるがままになっていたマルグリットが身じろぎし、ルシアンは自分がかれ

これ三十分以上もマルグリットを抱きしめてキスの雨を降らせていたことに気づいた。

「ああ、すまない」

立ち上がると腕を広げ、マルグリットを解放する。

しかしマルグリットは、ルシアンから身を引くのではなく、ルシアンの肩に手を添えると、ぐっと背をのばした。

真っ赤な頬と、なぜか意を決したような瞳が近づいてきた、と思うなり、頬にやわらかい感触が落ちる。

「……」

「わたしにもできることがあれば言ってくださいね。わたしだって、ルシアン様の妻なのですから」

目を見開いたルシアンの視界に、真剣な表情のマルグリットが映った。

勘違いしている、とはわかったものの、それを正すよりも先にルシアンの腕はふたたびマルグリットを閉じ込めていた。

「ありがとう。……ならひとつ、俺の願いを聞いてくれるだろうか」

「はい、なんなりと」

まだ顔を赤くしながら頷くマルグリットに、ルシアンは目を細めて言った。

「では、これから毎晩おやすみのキスがしたい」

「……はい？」

今日はなんだかいつもと違うことが起こりそうな気がする。

突き抜けるように高い秋晴れの空を見上げた侍女アンナは、そんな思いに胸をふくらませた。

そして彼女の予感はあたった。朝の支度のためにアンナがマルグリットの部屋へ入ったところ、ベッドに女主人の姿はなく、しばらくしてルシアンの部屋とつながるドアからふらふらと戻ってきたのだ。

アンナと目があうなりマルグリットは「わひゃあっ⁉」と声をあげた。

「も、もういたのね。ごめんなさい、今日は寝坊して……！」

「マルグリット奥様……！」

これまでもそうだったのだとわかってしまう台詞に、マルグリットははっとしてすべらせた口を押さえた。

「あのね、違うのよ……ルシアン様がおやすみのキスをしたいって言うから……」

あわあわと説明しようとするマルグリットは、語れば語るほど墓穴を掘ってしまう。

ルシアンの願いで新しい習慣となった〃おやすみのキス〃は、ルシアンがマルグリットの頬にキスを贈るというものだったが、

「君からも」

ベッドに腰かけたルシアンから上目遣いにそうねだられれば駄目だと言うわけにもいかず、心臓が爆発しそうになりながらルシアンの頬に口づける。そんなマルグリットをルシアンの腕がふわりと包んだ、と思えば、抱き込まれたまま自分の部屋には帰してもらえなくなった。

「ル、ルシアン様……！」

「キスだけだ」

その言葉どおり、ルシアンはまぶたに頬にとあふれるようなキスを贈って、マルグリットを腕の中に囲うと眠りにつく。

そこでルシアンのベッドから抜けだすこともできるのだけれど、愛する人のぬくもりはどうにも心地よく、マルグリットもつい甘えて、寝入ってしまう。

そんな日々が、実はかれこれ一週間ほど続いていた。

真っ赤な顔を両手で覆い、指の隙間から自分を見つめるマルグリットに、侍女アンナは忠心を示して胸に手をあてた。

「奥様。大丈夫です。アンナはちゃんと心得ております」

にっこりとほほえみ、アンナは目覚めのハーブティーをさしだした。湯気とともに立ちのぼる香りに、マルグリットもほっとした表情になる。

「びっくりさせてごめんなさいね」

そこからは、いつもの朝が戻ってきた——と、マルグリットは思っていた。

主人のドレスを選び、着替えを手伝い、化粧をし、髪を整えるアンナの〝心得〟は、マルグリットの思うものとは違った。

（いずれ乳母の手配をしなければならないわね……）

心の中でアンナがそんなことを考えていたとマルグリットが知るのは、まだ数か月は先のことだった。

勘違いはともかくとして、アンナの予感はもう一度あたることになった。

朝食をすませ、ほっとひと息つこうとしたド・ブロイ公爵邸前に王家の紋章を掲げる馬車が停まったかと思えば、中からノエルが現れたからである。

ばたばたと応接間の支度を整え、ルシアンとマルグリット、それにヴィオラは、ノエルを出迎えた。ヴィオラについては、顔を真っ赤にして逃げだそうとするのをマルグリットが腕を組んで引きとめている。

「すまないね。手紙で報せるのもはばかられるし、かといって先触れを立てていたのでは時間がかかるから」

そう言ってほほえむノエルに、ルシアンとマルグリットは表情を引きしめた。つまりは緊急（きんきゅう）で内密な用件ということだ。

心得た家令の合図で、使用人たちはさっと応接間を退出する。

「ヴィオラ王女」

「はいっ」

声をかけられ振り向いたヴィオラは、ノエルのまなざしにたじろいだ。

「近々ディルク・シェアライン殿下がリネーシュを訪問します」

「叔父（おじ）様が……？」

「正式な手続きと、祝賀のためです」

「祝賀？」

「ええ。ぼくとあなたの婚約が決まったのです。カディナからも許可を得ました」

「‼」

おめでとうございます、と祝いの言葉を紡（つむ）ごうとして、マルグリットは口をつぐんだ。

マルグリットの隣に立つヴィオラは、青ざめた顔色で、その表情はとてもよろこびとは思えなかった。

すぐに我に返ったヴィオラがほほえみを作る。

「まあ、光栄ですわ」

（ヴィオラ様……？）

　笑ってはいるけれども、ヴィオラの表情は晴れない。少なくとも、うっとりと目を輝かせてノエルの好きなところを語っていたときのヴィオラではない。

　そんなヴィオラの態度に気づかないかのように、ノエルはヴィオラの手をとり口づけた。

「今後は婚約者として接してください。それで、いきなりのお願いなのですが」

「は、はい？」

　ぐっと顔を近づけ瞳を覗き込まれて、ヴィオラは真っ赤になった。

　ノエルは獲物を狙う獣のように目を細め、けれども口元だけはあくまでやさしく、にこりとほほえむ。

「ぼくとあなたは、互いを熱烈に愛しあっている……今後は、そのようにふるまっていただきたいのです」

「……!?」

「ヴィ、ヴィオラ様――ッ!!」

　マルグリットの悲鳴が響き渡る。

　どういうことか、と尋ねる前に、目をまわしたヴィオラは卒倒した。

はっと目を覚まし、ヴィオラは身を起こした。気を失っていたあいだに座らされていたようだ。妙に不安定な椅子で、おりようとしても腰に巻きついたもののせいで身体が動かせない。

それが人間の腕であることに気づき、脳裏に記憶がよみがえる。ヴィオラが腰をおろしているこれは椅子ではなく――、

「ノエル様……っ!!」

振り向いた瞬間にほほえむノエルとばっちり目があい、ヴィオラの意識は遠くなる。

逃げようとして逃げられず、がくり……と力尽きノエルの腕の中に戻っていくヴィオラを、マルグリットもまた、ルシアンの膝の上で眺めている。

(なんなのかしらこの状況は……!)

数週間前のヴィオラと同じ叫びを内心で発しつつ、マルグリットは頭を抱える。

ヴィオラとの婚約が成立したことを伝えにきたノエルは、自分たちが熱愛中のふりをするようヴィオラに求めた。今はその特訓中だ――と、思い返してみてもやはり状況がわからない。

膝抱っこされている誰かを眺めるのは、予想よりも気恥ずかしかった。ヴィオラと、数十分だけ巻き込んでしまったニコラスに、マルグリットは心の中で謝罪した。

「どうやらカディナにはリネーシュとの国交を嫌がる勢力がいるらしくてね。ぼくとヴィ

オラ王女が婚約すれば、より両国の友好も深まる。そいつらも焦るだろうと思ったんだ」

（お茶会でおっしゃっていたのは、このことだったのね）

まるで自分たちが王命により結婚させられたときのようだ、とマルグリットは思った。

貴族は王命には逆らえない。時には自分の感情を殺してでも従わねばならないときもある。

王族であるノエルはいっそうだ。

この婚約はエミレンヌの命令なのだろうか。

（ノエル殿下は、命じられたからヴィオラ様と婚約したの……？）

「あら、わたくし……」

表情を曇らせるマルグリットの前で、ヴィオラがふたたび意識をとり戻す。まだ夢うつつの中、なぜか降りられない椅子が椅子ではなくノエルであることを再認識し、悲鳴をあげかけたところで、

「ヴィオラ」

と耳元で囁かれ、ヴィオラはまたもや目をまわした。くすくすと笑い、ノエルは乱れた銀髪を耳にかけてやる。

「これじゃあ熱愛のふりは無理かな？」

（……愛情の心配はしなくていいのかもしれないわ？）

ノエルは、好きな子をいじめたいタイプかもしれない、とマルグリットは額を押さえた。

（たしかにヴィオラ様は表情ゆたかでかわいいんだけれど……ヴィオラ様のいいところがノエル殿下に伝わればいいなと思ったのだけれど！）

自分の夫はそうでなくてよかった、と少々失礼なことを考えつつルシアンを振り返れば、ルシアンはなぜか余裕の表情でノエルとヴィオラを眺めている。

「ルシアン」

ヴィオラを抱きなおしたノエルがすっと表情をひきしめ、ルシアンを指さした。

「俺はもうずいぶんと前からマルグリットを呼び捨てだぜ……とか考えてるでしょ」

「だぜ……とは考えておりません」

（そこ以外は考えてるんですか⁉）

口に出せない問いを呑み込み、謎の対抗心を燃やしているらしいルシアンの腕の中で、マルグリットは身を小さくする。

このところ、口に出せない叫びばかりあげている気がする。

（そういえばヴィオラ様はノエル殿下の二面性をご存じないわ……）

エミレンヌの懐刀としてのノエルは、狡猾でしたたかな人物だ。それがこんなふうに発揮されることもあるのだとマルグリットは初めて知った。

ヴィオラはついていけるのだろうかと、どんどん不安になるマルグリットだった。

夜になるまで、熱愛の特訓の名目で何度かヴィオラを失神させたあと、ノエルは満ち足りた顔をして王宮へ帰っていった。

「いっしょに王宮へ戻りますか？」

と尋ねられたヴィオラは銀髪を左右になびかせてぶんぶんと首を横に振った。身がもたないと思ったのだろう。

ノエルの馬車が見えなくなった瞬間、ヴィオラはマルグリットを振り向いた。

「……あれ、本当にノエル様だった？」

「はい」

ルシアンもマルグリットも知らなかった、ノエルの新しい一面だった。そこから疑いたくなる気持ちはわかる。

「そう……」

ヴィオラはうつむいた。胸の前であわせたこぶしはぎゅっと握られている。

なんと声をかけたらいいのかと悩んでいるマルグリットの耳に、すうっと息を吸う音が聞こえた。

「かっこっっっこよかったわね……」

（大丈夫そうだわ）

胸に手をあて、記憶を反芻（はんすう）するようにヴィオラは星々の瞬（またた）く夜空を眺めた。

「夕食はいらないわ。部屋に戻るから誰もこないでね」

「ヴィオラ様……」

元気そうに見えてもなにか気がかりがあるのでは、とマルグリットは案じる視線を投げかけたが、

「今夜は……っ、ノエル様の夢を見なくっちゃ……！」

両腕(りょううで)を振りあげながら走り去っていくヴィオラに、（やっぱり大丈夫そうだわ）とふたたび胸を撫でおろした。

ヴィオラの愛は、思っていたより深いらしい。

# 第四章 ✦ 恋する勇気

居間のドアを開け、目があった途端に互いに顔をしかめてしまって、ルシアンとヴィオラは気まずげに視線を逸らした。

ヴィオラはおもちゃを振り振りマロンをあやしている。マロンはおもちゃではなくヴィオラのほうを警戒して見上げているので、目論見は失敗と言える。

テーブルの上には産業や交易に関する本が何冊か置かれているから、マルグリットから貸されたそれらを読もうとしたものの理解しきれず……といったところなのだろう。

お茶会のあと、一念発起したヴィオラはマルグリットに経営の教えを乞うたのだが、ほとんどの用語を理解できず撃沈していた。

慰めようとしたマルグリットが、

「でも、ほら……っ、ヴィオラ様も、国で学問をなさったんですよね⁉　帝王学とか人心掌握術とか！」

と声をかけていたがおそらくあれはヴィオラの黒歴史を抉っただけだった。

第一印象が最悪だっただけに、マルグリットが突然連れて帰ってきたヴィオラをルシアンはしばらく警戒していたが、今では普通の来客くらいに昇格している。

ただ、マルグリットとの時間がとられてしまうために、そろそろ帰ってくれないかというのが本音ではあるのだが。

「……マルグリットならいないわよ。商談中」

黙り込んだままのルシアンをなんと思ったのか、ヴィオラが言う。

「商談中、ですか」

そういえばイグリア商会の者がくるのだと言っていた、とルシアンは思いだす。そういうルシアンも、ド・ブロイ領からきた役人との面会を終えたばかりだ。

ド・ブロイ領には今、視察のためにニコラスとシャロンがいる。現地での案内はアルヴァンとユミラに任せた。もともとは刈入れのあと、マルグリットと領地へ向かう際にふたりも同行すればよいと思っていたが、急ぐ理由ができたからだ。

ニコラスが役人に持たせた手紙には、ド・ブロイ領滞在中に船の手配まで終わらせることができそうだ、ということと、『港でカディナからきた商人に声をかけてみたが、皆人好きのするいい商人たちだった。リネーシュに悪い印象を持ってはいないらしい』と現地の様子が書かれていた。

ただし、アルヴァンからの報告では、交易に積極的なのはカディナでも王都よりの領主たちで、国境領の領主たちは交易に消極的らしい。会談を申し入れてもやんわりと拒絶されてしまうそうだ。

（なら、国交に反対する者というのは……）

窓際へ寄ると笑い声が聞こえた。外を覗けば、マルグリットがイグリア商会の者たちを見送っている。商談は終わっただろうにまだ立ち話をして、ひとりなどは手を叩いて笑っていた。

マルグリットの満面の笑みに、思わず口元がゆるんでしまったらしい。

「あなたもそんな顔で笑うのね……」

驚きのまじったヴィオラの声にルシアンは表情を消した。

「不思議よね、マルグリットは」

マロンを抱いたヴィオラが近よってきて、楽しげなマルグリットたちを見た。マロンは納得のいっていなさそうな顔で鼻すじに皺を寄せるものの、おとなしく抱かれている。

「つらい思いをしてきたはずなのに、そのことを感じさせない。他人にあたることもない」

窓越しに見るマルグリットは、あいかわらず笑い声をあげている。

「マルグリットが話したのですか？」

「ええ。あなたから離れようとしてしまった、と。……あとは、アドバイスされたっていうか……」

「アドバイス？」

「あれは……本人はアドバイスのつもりだったわ……」

遠い目になり顔色を曇らせるヴィオラにルシアンは首をかしげたが、なんとなく状況はわかるような気がした。マルグリットが嫁いできたばかりのころは、ド・ブロイ家の面々も彼女の斜め上の行動に度肝を抜かれていたものだ。

マルグリットは、貴族特有の傲慢さを持たない。だがそれは、彼女の心が美しいことだけでなく、貴族としての優位を感じられないように育てられてきたからでもある。

だからこそルシアンの甘やかしから逃げようとするマルグリットがやるせなくて、ついかまいすぎてしまうのだ――と、ルシアンは自分の行動を正当化している。

マロンの毛並みを撫でながら、ヴィオラは小さくため息をついた。

「人を愛するって、楽しい？」

「ええ。驚くほどに」

突然の質問にも、ルシアンは迷うことなく答える。

「マルグリットがいなければ、俺は人を愛することはできなかったでしょう」

「そうね。そんな感じだわ」

「……」

ようやく通用門から出ていく商人たちに、最後に大きく手を振って、マルグリットは屋敷へ戻ろうと振り向いた。窓越しに自分を見つめるルシアンとぱちりと視線があう。

途端にマルグリットは、花がほころぶような笑顔を見せた。手を振るマルグリットにルシアンもほほえんで手を振り返す。

「……自分が嫌にならない？」

ヴィオラとマロンにも気づいたマルグリットは、ぶんぶんと両手を振った。ヴィオラの腕の中でマロンが鳴き声をあげる。こちらに合流しようというのだろう、マルグリットは急いだ様子で屋敷の裏口へと歩み始めた。

こうしたなにげない日常が、胸を締めつけるほど愛おしいのだ、とルシアンは思う。

「なりますよ」

よい夫ではなかった自分を思いだすたび、後悔は訪れる。最初からマルグリットにやさしくしてやっていたら、妻として尊重できていれば、と。

「ですが、過去は変えられませんからね」

ぱたん、とドアが開いて、マルグリットが姿を見せた。淑女らしく、走ることはないけれど、早足のせいでわずかに息があがり、頬は紅潮している。

「ルシアン様、ヴィオラ様、マロン！」

名を呼ばれたマロンは一声鳴いて、ヴィオラの腕から飛びおりる。

「あっ、申し訳ありません、ヴィオラ様とのお時間を……！」

慌(あわ)てた顔でマロンを抱きあげるマルグリットに、ルシアンはくすりと笑った。

「俺はマルグリットの隣(となり)で、同じ未来のために努力するだけです」

それだけ言って、ルシアンはマルグリットに歩みよる。

マルグリットの手からマロンを抱きあげようとして猫(ねこ)パンチをくらうルシアンを眺(なが)め、ヴィオラは目を閉じた。

――あなたがもし変わりたいのなら、今からでも遅(おそ)いことはありませんよ。

ノエルの笑顔がまぶたの裏によみがえる。それから、マルグリットの真剣(しんけん)な顔。

――わがままかもしれませんが、ヴィオラ様に諦(あきら)めてほしくないんです！

ようやくわかった。

ふたりの言葉は、ヴィオラの未来を願うものだった。だから、頑(かたく)なだったヴィオラの心に入り込んだ。

「マルグリット、マルグリットの夫」

目を開き、ヴィオラは呼びかける。

「……俺のことですか？」

「あなた以外にマルグリットの夫がいるのかしら」

つんとつれない態度はいつものヴィオラだ。

「話があるわ」

けれど、鋭(するど)いまなざしは、決意の色をたたえていた。

飲み物と軽食が運ばれると、ルシアンは人払(ひとばら)いを言いつけた。

ヴィオラとマルグリットは向かいあってテーブルにつき、マルグリットの背後にはルシアンが立ったまま控(ひか)えている。

「まずはこれを見て」

テーブルの上にさしだされた一枚の紙片(しへん)を覗き込み、ルシアンとマルグリットはそろって首をかしげた。

大きなものではない。折りたたんだ跡(あと)の残る紙は広げても片手に収まる程度で、中には見知らぬ人物のスケッチが描(えが)かれている。

頬はパンのようにふっくらとして、ドレスから見える腕もむちむちとゆたかな肉に覆(おお)われた彼女を、マルグリットはまじまじと見つめた。

鉛筆(えんぴつ)画なので髪(かみ)や目の色はわからないが、顔つきはどことなくヴィオラに似ている気がする。

「三か月前のわたくしよ」

「なるほど、三か月前の……って、ええっ⁉」

「いいリアクションありがとう」

予想どおりの反応をさらりと流すヴィオラと、スケッチの人物を、マルグリットは交互に見た。似ているとは思ったが、同一人物だとは思わなかった。だって、身体つきが……三倍くらい違う。

ルシアンもなにも言わないけれど、驚いているのは伝わった。

「それは、ノエル様と出会う前のわたくし」

テーブルを挟んでそんなふたりと向かいあいながら、ヴィオラは語り始めた。


ヴィオラは、カディナ王国シェアライン王家の三女として生まれた。上に三人の兄と二人の姉を持つ、末の姫君だった。

上に五人も王子と王女がいれば、国王夫妻もヴィオラへの態度はおざなりになる。兄姉たちが王族にふさわしい教育を施される一方で、幼いころからわがまま放題で、そのうえ学問の覚えも悪かったヴィオラに根気よく手をさしのべる家庭教師はいなかった。

物心ついたころには、王宮内でヴィオラはいないもののように扱われた。

唯一の例外は叔父であるディルクだけだ。娘のいないディルクは、ヴィオラをことさらにかわいがってくれた。

「ヴィオラ殿下は学問もなさらず、甘いものばかり食べて……」

「王女だというのに自覚がないのかしら。あんな王女では、誰がもらってくださるやら」

ひそひそと囁きを交わす侍女たちをディルクに訴えれば、彼女らはすぐに解雇された。

（──べつに、結婚なんてしなくても生きていけるもの）

叔父様の名を出せば、これまで嘲りの目を向けてきた侍女たちも、貴族ですら、ヴィオラの血すじが彼らよりずっと高級なのだということを思いだす。へつらう笑みを浮かべ、媚を売る。

（政治なんてお兄様やお姉様に任せておけばいいわ）

王女という生まれだけで皆がかしずく。

そうして成長したヴィオラは、周囲の人々を見下した。

リネーシュから特使として第三王子が訪れた、と聞いたときも、ヴィオラはなにも思わなかった。

王家の面々に挨拶をしたあとのノエルは外交官の背後に控えているだけで、これがリネーシュの王族なのかと訝しむほどだった。

（影の薄いお方だわ。きっとつまらない人ね）

そんなノエルの印象が変わったのは、歓迎の晩餐会でのこと。

父母である国王夫妻も、兄王子たちも姉王女たちも、誰もヴィオラを相手にしない。貴族連中だって、おべっかを使うためだけの挨拶をすませれば去ってしまう。ドレスからはちきれそうな身体を抱え、ヴィオラは壁の花になるしかない。

(今夜の晩餐会もつまらないわ)

「……ヴィオラ王女？」

広間を去ろうとしたヴィオラの背中に声が届いた。

眉をひそめて振り向けば、手をさしのべていたのはつまらないと切り捨てたはずの隣国の王子で。

「あなたのわがままぶりを聞きましたよ」

「な……っ」

眉をつりあげるヴィオラを意に介さず、会見の際の控えめな表情とは打って変わったいたずらっぽい表情でノエルは目を細める。

「ぼくもこうした催しは苦手な性質でしてね。あなたがわがままを発揮してぼくを連れだしたことにしていただければ、面倒が省けるのですが」

告げられた言葉にヴィオラは一瞬で怒りを忘れた。

「あなた、本気なの？」

この王子は、よりにもよって自分といっしょに、晩餐会を抜けだそうというのだ。

どきんと鳴った胸に気づかないふりをして、ヴィオラは素っ気なく顔をそむけた。けれどもノエルは手をおろそうともせず、ヴィオラを待っている。

「本気ですよ」

どきん、どきんと鼓動が高鳴る。ノエルの視線がまだ自分に注がれているのがわかって、吸いよせられるようにヴィオラはふたたびノエルに向きあった。

翡翠色の瞳に映る自分は、自分でも美しいなんて思えないのに。

「変わってるって言われない？」

「まあ、たまには」

重ねた手は彼の手よりも厚みがあってぷよぷよとしていたけれど、ノエルはうやうやしくその手を持ちあげると、甲に口づけてくれた。

そのままノエルに手を引かれ、廊下を早足に歩きながら、ヴィオラの心臓は久々の運動と初めてのときめきに押しつぶされそうになっていた。

（いいえ、だめよわたくし……この方はきっとわたくしを利用したいだけだわ）

最後の抵抗でそんなことを思ってみるのだが、見透かしたように振り向いたノエルが寂しげにほほえむ。

「ぼくも上にふたり兄がいましてね。どちらもとても優秀な兄なのですよ。おかげでぼくは幼いころから前に出るのが苦手で、そのくせ称賛を浴びる兄たちを羨んでもいて」

「ノエル様……」

「あなたもそんな気がしたのです。だからつい声をかけたくなって——ヴィオラ王女」

ノエルが歩みを止めた。苦しい胸に息を切らせ、ヴィオラはノエルを見上げる。

周囲の空気がきらきらと輝いた気がしてヴィオラは目を見張った。見慣れた王宮の廊下が、ノエルが存在するだけでまるで舞台のワンシーンのように見えた。

ふっとほほえみを浮かべ、ノエルはヴィオラの瞳を覗き込んだ。

「あなたがもし変わりたいのなら、今からでも遅いことはありませんよ」

なにも言えなくなっているうちに、ノエルは手を離してしまった。

「ありがとうございました。ぼくも部屋に戻ります」

言われて視線を向ければ、そこはたしかにヴィオラの部屋の前で、どうして知っているのかと尋ねる前にノエルはいなくなっていた。

「ノエル、様……」

呟いた名は、それ自体が熱を持っているかのようにヴィオラの心を騒がせた。

ヴィオラはノエルに恋をした。

あまりにも情熱的な恋をしたため、食欲がいっきに減退した。

みるみる痩せ細るヴィオラの姿にディルクはひどく心配したが、ヴィオラにとってみればそれは僥倖だった。

生まれ変わった自分なら、ノエルは愛してくれるかもしれない。

愛してくれないのだとしたらそれは――邪魔者がいるせい。

国王夫妻が呆れ顔で止めるのも、叔父のディルクが必死の顔でなだめるのも聞かず、ヴィオラはリネーシュへと旅立った。

愛しいノエルにもう一度会うため。そのノエルとの婚約を妨害しているというマルグリット・クラヴェルなる恋敵を排除するために。


「あのときのノエル様は……っ！　本っ当にお格好がよろしくて……しかも普段は目立たないのに、あんないたずらなほほえみ……！　ギャップがおすごくて！」

顔を突っ伏しバンバンとテーブルを叩くヴィオラにルシアンが困惑の視線を向けるのを、マルグリットもなにも言えずに見つめた。そういえばルシアンはこのヴィオラへの耐性がない。

すぐに我に返ったらしいヴィオラは、こほんと咳払いをして、姿勢を正す。

「あの晩餐会の夜、ノエル様がマルグリットに笑いかけているのを見て、愛人だという噂は本当だと思ったの」

（そういえば……）

ノエルが笑っていたのはルシアンの過保護ぶりに対してなのだが、人目のある場でこんなふうに声をあげて笑うノエルはめずらしいとマルグリットも思った。ヴィオラにとっても、それは特別なことに見えたのだ。

「その噂はどこからきたものなのですか？」

腕組みをしたルシアンが問うと、ヴィオラも表情を引きしめた。

「わたくしは叔父様から聞いたわ。叔父様は、信頼できる者からの情報だとおっしゃっていたわね」

「そういうのって小説とかではだいたい嘘ですよ」

ド・ブロイ家に嫁いできたばかりのころ、自由な時間のできたマルグリットは巷の小説を読み漁ったので知っている。出所不明の重要情報は九割以上の確率で主人公を混乱させるだけだ。

「……とにかく、その情報によれば、ノエル様はお忍びで何度もこの屋敷を訪れていて、しかもあなたに猫まで贈っているの」

だからヴィオラは最初からマロンのことを知っていたのかと納得しつつ、

「マロンはルシアン様に贈られた猫ですよ？」

「えっ⁉ わたくし以上になつかれてないのに⁉」

細かいことですが、と手をあげて訂正すれば、ヴィオラは驚きの声をあげ、ルシアンは顔をしかめた。

「その話にはおかしなところがありますね」

渋面(じゅうめん)を作ったままルシアンが言う。

「たしかに俺たちの結婚は当初愛のないものでした。ノエル殿下はお忍びでこの屋敷にいらしています。マロンもノエル殿下から贈られた猫です。そこまで詳(くわ)しく情報を仕入れていながら、マルグリットと殿下の関係だけはあまりにも憶測(おくそく)がすぎる」

「言われてみれば……」

マルグリットも眉を寄せた。間違(まちが)えたというよりも、意図的に嘘をまぜ込んだような。

「出所を精査したほうがよいでしょうね」

「ええ。ノエル様もおっしゃっていたように、カディナとリネーシュの国交に反対する勢力がいるということね？　その者たちが、叔父様に嘘を吹(ふ)き込んだ」

「はい」

頷(うなず)き——ルシアンはわずかに、眉をひそめた。

「ルシアン様？」

「いや、なんでもない」

マルグリットが問いかけると、ルシアンは首を振る。

「結局のところ、わたくしは変われていなかったの」

絵姿をとりあげ、ヴィオラは呟いた。

心の底に残る怯(おび)えから目を逸らし、誰かのせいにした。自分に自信がないから、ノエルからも逃げようとしてしまう。あんなに望んでいた婚約を告げられたときだって、よろこびよりも恐怖が先にきた。

(変わるためには、わたくし自身に向きあわなければ)

そのことに気づかせたのはマルグリットだ。

そして、愛することは楽しいのだと答えたルシアン。

「過去の絵姿を見せたのは、わたくしが本気であることをわかっていただくためです」

ヴィオラは立ちあがると、真剣な瞳でルシアンとマルグリットを見つめた。その胸には、シェアライン王家の紋章の刻まれたブローチが飾られている。

マルグリットも席を立ち、ルシアンの隣に並んだ。

「ド・ブロイ公爵、クラヴェル伯爵」

背すじをのばしたヴィオラの姿に、ルシアンは軽く瞠目した。まっすぐに立つ彼女は気品にあふれ、蜂蜜色の瞳には光が宿っている。

それが妻のもたらした変化だと思えば、身に覚えのある感情に、冷たい態度などとれるわけもなく。

ただ言われるがままに生きてきたルシアンに、人を愛するよろこびを教えたのはマルグリットだ。ルシアンを、ド・ブロイ家を、マルグリットは変えた。

「わたくしは、今度こそ自分を変えたい。ノエル様の婚約者にふさわしい人間になりたいのです。どうか、力をお貸しください」

「はい。もちろんです――ヴィオラ王女殿下」

胸に手をあて、ルシアンとマルグリットは敬意を示した。

自分を変えたい、と宣言したヴィオラのために、マルグリットは協力を惜しまなかった。

書斎にはヴィオラのためのテーブルが用意され、ルシアンとマルグリットが仕事をする隣で、ヴィオラも経営の勉強をした。あいかわらずマルグリットの説明は理解してもらえないのだが、ルシアンがまとめた資料ならなんとなくわかるそうだ。

「ヴィオラ殿下にも理解できるようにまとめれば、貴族向けの技術書になりますね。カディナにも渡せるでしょう」

淡々と告げるルシアンに「なんにも褒めてないわよそれ」とヴィオラは頬をふくらませていたけれど、そちらの仕事も手伝ってくれることになった。

ド・ブロイ領から戻ってきたニコラスとシャロンも屋敷に顔を出し、ヴィオラに助言を求めた。ドレスや宝飾品についてであれば、ヴィオラが答えられることも多い。

「ヴィオラ殿下、そのドレスはどちらでお買い求めに？　髪飾りは？　イヤリングは？

「その宝石の産地はわかりますか？」

目を輝かせたシャロンがヴィオラを質問攻めにしている隣では、ルシアンとニコラスが声をひそめて話しあっている。

「例の件、問題なく進んでいるよ。アルヴァン殿もユミラ夫人も楽しみにしているって」

「そうか。ほかに俺にできることがあれば、なんでも言ってくれ」

「そうだな、そうしたら……」

（……ルシアン様も、働きすぎではないかしら？）

ルシアンはマルグリットに働きすぎだと言うが、ルシアンだって領地経営のほかにカディナとの交易の対応、新事業の支援もしているし、ノエルから依頼された件もある。夜、マルグリットを抱きかかえてベッドに入ったルシアンは、おやすみのキスを交わすとすぐに眠りに落ちてしまう。

（そのおかげでルシアン様の寝顔がじっくり見られるんだけど……）

「マルグリット、ちょっといいかしら？」

「えっ？　あ、う、うん」

呼びかけに顔をあげたマルグリットは、「どうしたの？」と首をかしげるシャロンの視線にぶつかった。

「顔が赤いけど、熱？」

「えっ、そ、そうかしら」

慌てて執務机から立ちあがり、マルグリットはシャロンとヴィオラのいるソファに腰をおろす。

「あのね、カディナで縫製をすませたドレスを輸入してこちらで手直しをして仕上げる、セミオーダー方式はどうかと考えているの」

「いいと思うわ」

頷きながらも、思い浮かべてしまったルシアンの寝顔は頭から消えてくれない。深い色をした瞳をまぶたの奥に隠し、無防備に枕に頬をあずけているルシアンは、どこかあどけなくて……かわいい、というのが、最近の新たな発見だった。

「それで、基本になるサイズを決めたくて。今度マルグリットの採寸をさせてもらってもいいかしら？　年齢ごとに何人かのサンプルをとろうと思うの」

「もちろんいいわよ」

「まだ顔が赤いけど、本当に大丈夫？　働きすぎじゃない？」

「とっても元気よ」

ぐっとこぶしを握って体調良好をアピールするものの、シャロンは心配そうな顔でマルグリットの額に手のひらをあてる。

「熱はないみたいだけど……」

「よく見なさい、頬がゆるんでいるわ。どうせ夫のことでも考えていたのでしょ」

呆れたようにヴィオラに言われ、マルグリットは両手で頬を押さえた。

「ど、どうしてわかるんですか⁉」

「そうなの、マルグリット⁉」

マルグリットとシャロンの叫びが同時にあがる。ヴィオラは腕組みをしてつんと顎をしゃくった。

「書斎でいっしょにいるとね、あなたたちよくその顔でお互いを見つめているのよ」

「⁉」

「挟まれるほうの気持ちにもなってほしいのよね」

「ええっヴィオラ様そのお話詳しく！　また女子会しなくちゃじゃない⁉　今度はミュレーズ家でどうでしょうか⁉」

「やぶさかではないわ」

目を輝かせるシャロンと笑みを浮かべるヴィオラに、顔を赤らめてうつむいているマルグリット。

その様子を眺めながら、

「俺の妻がかわいい……」

「俺の婚約者がかわいい……」

と頭を抱えている公爵と次期侯爵がいたとかいないとか。

ヴィオラと正式に婚約したノエルも、たびたびド・ブロイ邸を訪れてはヴィオラと戯れた。戯れた、というのは主観的な表現だが、たぶん間違っていないとマルグリットは思っている。もしくは猫かわいがりとでも言うべきか。

いつものようにヴィオラを膝の上にのせ、ノエルは銀髪を撫でながら笑う。

「呼び方を変えてみるのもいいと思うんだよね」

「呼び方を……」

「そう、ぼくの小猫ちゃん♡　とか」

語尾をあげつつ小首をかしげるノエルは、金の髪をさらりと揺らし、周囲の空気を煌めかせる。

「うぐ……っ‼」

胸を押さえて立ちあがるヴィオラと、それを楽しそうに見ているノエル。……そんなふたりを見守りつつ、おそるおそる隣のルシアンを見やるマルグリット。

ルシアンは腕組みをしてソファに沈み込み、一見すると冷たい視線でノエルとヴィオラのやりとりを見ているのだが、近ごろとくにルシアンの言動に敏感なマルグリットはその心のうちを把握していた。

（ルシアン様……これは『なるほど……』ってお顔だわ！）

「マルグリット──」

「ルシアン様、わたしはストレートに名を呼ばれたほうがドキッといたします」

「……そうか」

やはり新しい呼び名を検討していたらしいルシアンは、マルグリットの言葉ですんなりと引くことを決めてくれたようだ。

ほっと安堵に胸を撫でおろしたところに、

「そうだね、じゃあぼくのことはノエルと呼んでくれる？　ヴィオラ」

「ノ……ッ⁉」

「ほら早く」

「……ッ、……ノ、ノエル……！」

真っ赤になりながらヴィオラが名を呼ぶと、ノエルは小首をかしげて「なあに？」とほほえむ。

「ああ──……‼」

（ああ──……‼）

悲鳴をあげて力尽きるヴィオラに内心で共鳴しつつ、マルグリットはそろそろと顔をあげる。

「……マルグリット」

今度はどう逃げればよいのか、と考える暇もなく、ルシアンに名を呼ばれた。

「俺のことは今後、ルシアンと呼んでくれ」

マルグリットをじっと見つめる瞳は、底の見えない深海のようでいて、きらきらと期待に満ちあふれている。

「ル、ルシアン様」

「ルシアンだ」

「ルシアン……」

羞恥に消え入りそうな声で呼べば、ルシアンは嬉しそうに目を細める。

「……もう一度」

「……！」

幼いころから次期公爵としての英才教育を受け、学問だけでなく剣術や馬術といった武道も修めたルシアンはとても優秀だ。

そして嫁いできたマルグリットを邪険に扱った過去を反省した彼は、その吸収の早さを最大限に使って妻を愛することに余念がない。

唇を震わせているマルグリットの手をとり、左手の結婚指輪に口づける。

「マルグリットに名を呼ばれると、たしかに胸が高鳴る」

（あああそんなうっとりしたお顔で言わないでください……！）

どれだけマルグリットが鈍かろうと、愛されていることを自覚させられてしまう。

すべては、マルグリットに愛を伝えるため。

そんなふうにルシアンの気持ちを理解しているから、マルグリットもむげにはできず、

（恥ずかしくて涙が出そう……！）

涙を浮かべぷるぷると肩を震わせながらも、「ルシアン」と呼ぶ練習をさせられてしまうのだった。


ノエルが帰宅したあと、ド・ブロイ公爵邸にはぐったりとソファに沈む影がふたつ。

マルグリットとヴィオラだ。

「なんであなたも消耗してるのよ……」

「だって……」

流れ弾がすごいのだ、と息も絶え絶えにマルグリットは訴える。

「ヴィオラ様、王宮に戻りませんか……？」

「あっさりわたくしを売ろうとしないでちょうだい。今の状態で毎日ノエル様にお会いしていたら心臓が破裂するわ」

ド・ブロイ公爵夫妻としては第三王子の訪問を放置するわけにはいかないので、おもて

なしのために同じ部屋に控える。結果、ノエルとヴィオラの仲睦まじい様子を見たルシアンが学習半分・対抗心半分でマルグリットにも愛情表現を試みるため、こうしてふたりで天井を仰ぐ羽目になるのだ。

「わたくしはともかく、あなたは夫でしょう？　愛してるってあんなに言ったじゃない」

「それを言うならヴィオラ様だって婚約者じゃないですか」

そういう関係性になったとしても恥ずかしいものは恥ずかしいのだ、というつもりの反論だったけれども、ヴィオラは切なげに眉を寄せてしまう。

「わたくしは、だって……見せかけの婚約者だもの。反対派を焦らせるための」

「──えっ」

「なによ？」

うつむくヴィオラの表情に、マルグリットはぱちぱちと目を瞬かせた。

あれだけ膝の上にのせられ、熱視線を送られ、撫でくりまわされて、伝わらないということがあるのだろうか？

「いいの。利用されるだけでも……ノエル様のおそばにいられるなら」

「ヴィオラ様、もしかして鈍いですか……？」

「よくわからないけれどもあなたには言われたくない気がするわ」

「それは……そうですね。申し訳ありません」

シャロンに言わせれば〝ルシアン様からの数々の愛情表現にことごとく気づかなかった〟らしい自分を思いだし、マルグリットは素直に謝った。

カディナ国王弟ディルク・シェアラインがリネーシュ王都へ到着したのは、ノエルとヴィオラの婚約から半月ほどがたち、街路樹もすっかり秋の色合いに移り変わったころだった。

特訓が功を奏し、ディルクと会うまでには、ヴィオラはノエルから逃げださずにいられるようになっていた。

まだ大事にはしないほうがよいという両王家の意向により、歓迎のための晩餐会などは行われないという。それよりもカディナが望むのは一刻も早い交易の安定で、訪問団には国境付近の領主代理や各分野の商人たちも含まれていた。

王宮の奥の間で、ディルクはノエル、ヴィオラと対面した。ノエルの要請で、ルシアンとマルグリットも付き添う。

それぞれの挨拶のあと、マルグリットもディルクに対し、最敬礼の姿勢をとる。

「お初にお目にかかります。マルグリット・クラヴェル・ド・ブロイと申します」

「君が、マルグリット・クラヴェル……？」

美しい所作と覚えのある名にディルクが呟く。

マルグリットに向きあったディルクは、シェアライン王家の象徴である銀の髪を片側にたらし、若いころは多くの女性を虜にしただろうと思わせる風貌だった。ヴィオラのわがままにつきあってきたというとおり、物腰の柔らかな人物だ。

「ヴィオラ王女は現在ド・ブロイ公爵邸に滞在されているのですよ」

ノエルの説明を聞き、ディルクは事情を呑み込んだらしい。ヴィオラの滞在先としてルシアンとマルグリットがこの場にいるのならば、マルグリットとヴィオラの確執は解決されたということだ。

「叔父様。叔父様が教えてくださったことは、間違いだったの」

「そうか……色々と誤解があったようだ。すまなかったね」

ヴィオラに言われ、ディルクはすぐに胸に手をあてた。王族として頭をさげることはないが、謝意を表している。

「いいえ、もったいないお言葉でございます」

穏やかな笑顔に、マルグリットもほほえみを返す。

「ねえ叔父様。叔父様にあの情報を教えたのは誰だったの？」

単刀直入なヴィオラの問いに、ディルクは驚いた顔になってから苦笑をこぼした。

「それはここでは言えないよ。叔父様にだって色々な情報網がある。でもここはカディナじゃない。国の秘密をよそでは言えない」

「そ、そうね。ごめんなさい」

ヴィオラは赤くなった顔をうつむける。いつものように「仕方ないな」と教えてくれるかと思ったけれど、ディルクの言うとおりだ。

ディルクはノエルの表情をうかがった。

「それでもよろしいかな、ノエル殿」

「ええ。こちらとしても大した被害は出ていませんし」

ちらりと視線を向けられ、マルグリットも頷いた。夫の愛情表現がものすごく深まってしまったことは、被害ではないはずだ。

「むしろ、ヴィオラ王女がぼくに想いを寄せてくださっていると知るきっかけになりました。どこの誰だかわかりませんが、噂を流した者には感謝したいくらいです」

ヴィオラの肩を抱きよせ、ノエルはほほえみかける。頬を赤らめながらも、「そうですわ」とヴィオラも応じた。

「わたくし、ノエル様と婚約できて……幸せですわ」

ディルクは目を細めてふたりを見つめ――ふっと遠い目になった。

「おめでとうヴィオラ。いやあ……本当に……本当によかったよ。君がクロエを連れて飛びだしていったときはどうしようかと思ったけれど……」

ディルクの表情にいっきに疲れが表れる。

ノエルには愛人がいるそうだ、悪いことは言わないからやめておけと切々と訴えながらも、お人好しな叔父はヴィオラの旅の支度を調えてくれた。連絡もよこさないヴィオラを、ずっと心配していたのだろうと思う。

「ごめんなさい、叔父様」

「いいんだ。ヴィオラ」

ディルクはほほえみ、ヴィオラの肩に手を置く。

「これで満足したろう。さ、カディナに戻ろう」

その手から逃れるように一歩さがり、ヴィオラはほほえんだ。

「わたくし、まだ帰るわけにはいかないわ」

「ヴィオラ?」

「ここへきて、わたくしは自分の未熟さに気づいたわ。学びたいことがたくさんあるの。……そして学んだことを、カディナとリネーシュの友好のために活かせると思うの」

カディナを飛びだして、ヴィオラは自分の願望に気づいた。

つまらないと切り捨てていた勉強も、晩餐会も、政治も。本当は、兄姉たちのように、王族としての務めを果たしたかった。

今だって失敗した。まだ自分には知識も配慮も足りないのだろうと思う。でも、カディナに帰ってしまえば、もとの生活に逆戻りだ。

「お願いします、叔父様」

呆気にとられた顔でヴィオラを見つめていたディルクは、頭をさげられて我に返った。

「王弟として、私は同意できないな」

ディルクは小さく首を横に振る。

「お前は後先を考えないところがあるよ、ヴィオラ。なにか揉め事を起こしてからでは遅いのだ。お前のせいで、カディナとリネーシュの国交に傷がつくことにもなりかねない」

ディルクの言葉にヴィオラは眉を寄せた。

非公式な訪問の身でありながらマルグリットを王宮へ呼びつけ、侍女に嫌がらせを命じ、最後には扇で打ち据えようとした。

マルグリットがすべてをいなしたから問題にならなかっただけで、マルグリットでなかったらと想像した際の自分の迂闊さを、今のヴィオラは理解できる。

変わりたいという願いは、自分のわがままなのだろうか。

「——ディルク・シェアライン王弟殿下」

低い声に名を呼ばれ、ディルクは振り向いた。ド・ブロイ公爵と名乗った男が直立の姿勢で、力強い視線を向けている。

「言葉を差し挟むこと、お許しください。ヴィオラ王女殿下は、わが家にご滞在のあいだも学問に励まれ、また友人の事業の相談にのってくださるなど、両国の友好のために尽力されております」

ヴィオラは目を見開いた。まさかルシアンが自分の味方をする日がくるとは、思ってもみなかった。

「国境領をあずかる者として、今後わたくしどもと皆様の関係はより密なものになるでしょう。ド・ブロイ領主としても、ヴィオラ王女殿下にリネーシュとの友好のため動いていただけるのならば、心強い限りです」

いつものように淡々と、感情など表さない態度でルシアンは告げる。だからこそ彼の本気はディルクにも伝わった。

ルシアンの隣に立つマルグリットも、姿勢を正した。

「クラヴェル領主としても、お願い申しあげます」

ルシアンとマルグリット、ふたりの領主が頭をさげる姿に、ディルクはやがて苦笑いを浮かべて肩をすくめた。

「ここまで言われては……認めるしかないようだ」

「叔父様……！」

ぱっと顔を輝かせるヴィオラの前に指を突きだし、「ただし」とディルクは続けた。

「私ももうしばらく滞在させてもらうことにしよう。兄上からはヴィオラを連れ帰るように厳命されているからね」

「それではディルク殿下には部屋を用意いたします。ヴィオラ、君の部屋もだ」

いつのまにか隣に立っていたノエルがヴィオラの銀髪を撫で、やさしくほほえんだ。

「そろそろ戻ってきてくれないとぼくが寂しいだろう、ヴィオラ？」

「ノ、ノエル……」

「どうやら私の姪っ子は王子様にとられてしまったらしいね」

様、と呼びかけたのを呑み込み、顔を赤らめるヴィオラを、ディルクが複雑な表情で眺めていた。

ヴィオラがディルクとともに王宮に残り、ド・ブロイ家には平穏が戻ってきた。
鮮やかに紅葉した庭の樹々を眺め、アンナは安堵の息をつく。隣国の王女を滞在させていたというのは、栄誉なことではあるが、それなりに気を遣う。
おまけにこの半月は、ヴィオラを訪ねてノエルまで数日おきに顔を出していた。使者の青年とアンナは顔見知りになってしまったほどである。

（リチャードさんの白髪が増えた気がするのよね……）

前ド・ブロイ公爵夫人であるユミラが国王の末妹とはいえ、ユミラは王家と友好的とは言いがたかった。国王陛下をはじめ兄君たちがド・ブロイ家を訪れたことはないし、親戚づきあいも最低限にしかしていない。

（いえいえ、これからこの家はもっと忙しくなるわ。新しい家族が増えるのですもの）

有能な侍女頭になると誓ったのだから、こんなことでへばっているわけにはいかない。

あいかわらず誤解したまま、アンナは自分を励ました。


そのころマルグリットは、両手を組んで天に祈っていた。

（ああ、ヴィオラ様、戻ってきてくださらないかしら……!!）

王宮に戻りませんか、と尋ねた自分を、マルグリットは反省した。あのときはノエルがくるたびにルシアンのスイッチが入ってしまうので、恥ずかしさにいたたまれなくなったのだけれども。

ヴィオラがいなくなったあと、なぜかルシアンの甘やかしは加速してしまったのである。

「人目もあった。一応は俺も自制していた」

（あれで!?）

さらりと言われてマルグリットは目を丸くする。自制してあの態度なら、今こうしてルシアンの自室のソファで向かいあうように膝にのせられているのは納得がいく。

だが納得がいったところで、恥ずかしいものは恥ずかしい。

「ル、ルシアン様」

「ルシアンだ」

「……」

「言うまでこのままだぞ」

(楽しそうだわ、ルシアン様)

いや、愉しそうというべきか。だんだんとノエルに似てきている気がするのは、そもそも従兄弟なのだからおかしいことではないのかもしれない……などと懸命に現実逃避をしてしまう。

ヴィオラは心臓が破裂すると言っていたが、マルグリットは呼吸が止まりそうだ。

なにか逃げ道は――と頭を抱えて、マルグリットははっと気づいた。

義母ユミラはアルヴァンを「あなた」と呼んでいた。夫婦なのだからこれはおかしくないはずだ。

呼び捨てよりは、まだいくらか羞恥心がましな気が、する。

そろりとルシアンを覗き込み、それでも気恥ずかしさが拭えず、マルグリットは耳元に唇を寄せると小声で囁いた。

「……これで許してください、あ・な・た」

「……」

「……？」

叱られるか許されるか、とおそるおそる判定を待つものの、返事はない。今度はルシアンが硬直してしまっていた。

「ルシアン様？ ──ひゃあっ⁉」

どうしたのかと不安になったあたりで突然抱きしめられて、マルグリットは情けない悲鳴をあげた。

「……反則だろう」

「やっぱり、許されませんか？」

「まあ色々と……許されないな」

眉を寄せて難しい顔になったルシアンに、やはりお叱りかとマルグリットが眉をさげた瞬間、顎をとられて上を向かされた。

「マルグリット」

身構える間もなく、視界には目を閉じたルシアンの顔が迫り、

（髪と同じで、睫毛まで濡羽色だわ）

そんなことを考えていたら、唇に柔らかな感触が降ってきた。

# 第五章 ◆ 最後の一歩

シンプルな無地のドレスに袖を通し、胸元のリボンを留める。髪をひとつに束ねた自分の姿に、マルグリットは「よし！」とほほえんだ。

タイミングよくアンナがやってきて、馬車の到着を告げる。

正面玄関前に停められた馬車は、一見なんの変哲もない辻馬車に見えるけれども、中にはヴィオラが乗っている。王家のお忍び用の馬車なのだ。

「では、ルシアン様、行ってまいります」

見送りに出たルシアンに頭をさげる。

今日はヴィオラと出かける約束になっていた。というのも数日前、見覚えのある使者が王宮からやってきて、ヴィオラの書状を置いていったからだ。

『心臓が破裂しそう』

たったひと言それだけの手紙は、おそらくノエルの目を盗んで書いたのだろう。同じくマルグリットも——なぜか「あなた」と呼んだあの夜から、おやすみのキスが唇に落とされるようになってしまい、ルシアンの甘やかしが甘すぎて呼吸が止まりそうであったため、ふたりの休憩時間としてお出かけの提案をした……というわけだった。

「ごきげんよう、マルグリット、ルシアン」

「やっぱりオーラは隠せませんね」

馬車の窓から顔を出したヴィオラもいつもより控えめなドレスで、銀の髪を隠すようにまとめてヘッドピースをつけているものの、くっきりとした顔立ちは人目を惹く。

(まあ、わたしが地味だし、お嬢様と侍女くらいには見えるかしら)

実際には隣国の王女と公爵夫人だ。

「マルグリット」

馬車に向かおうとするマルグリットをルシアンが呼び止める。振り向こうとした身体ごと、ふわりと抱きあげられた。

すり、と頬に鼻先が押しつけられる。

「周りに見張りを置いておくが、危ないことはしないように」

「……っ、は、はい」

マルグリットが頷くと、ルシアンは軽々とマルグリットを持ちあげ、そのまま馬車に乗せる。

また微妙な目で見られてしまうだろうかと思いながら車内の席に腰をおろせば、ヴィオラからは逆に羨望の視線を向けられた。

「いってらっしゃいのキスはしなくていいのね……」

(したんだ……)

呟くヴィオラに、マルグリットはなにも言えなかった。おやすみのキスならしていると言ったところで、無自覚な惚気合戦が始まるだけだ。

これでまだノエルの気持ちには気づいていないらしいので、ヴィオラはマルグリットより鈍いのだと思っている。

「あのね、マルグリット」

「は、はい？」

隣に座ったヴィオラがやけに重たい声色を発し、内心の呟きが伝わったのかとマルグリットは冷や汗をかいた。

けれどヴィオラの表情はマルグリットを責めるものではなく、むしろ挑むような真剣な瞳がマルグリットを見つめる。

「わたくし、叔父様に嘘の情報を伝えたのは、セルバスじゃないかと思っているの」

「セルバス……？」

「叔父様の侍従よ。叔父様はセルバスをとても信頼しているわ」

マルグリットも思いだした。ディルクとの会見の際、扉の外に控えていた侍従がいた。ド・ブロイ家の家令であるリチャードと同じ年頃で、白くなりつつある髪を後ろに撫でつけた、隙のない紳士といった風貌だった。

二十年以上ディルクに仕えているセルバスは、ディルクの身のまわりの世話から政務の管理まですべてをこなしているという。ヴィオラのリネーシュ訪問も、実務を担当したのはセルバスだ。

――ヴィオラ。ノエル王子には心に決めた愛人がいるらしいのだ。マルグリット・クラヴェルという婦人だ。どうやらその婦人がノエル王子の結婚に反対らしくてね……。

――ノエル王子も彼女のいる屋敷をお忍びで訪れ、猫も贈っているそうだよ。ヴィオラの思うようにさせてやりたいけれど、今回ばかりは……。

「叔父様にそう言われて、わたくしもカッとなってしまって……家出のように国を飛びだしたの」

だから初対面があんなことになってしまったのだとヴィオラは肩を落とす。

ディルクがヴィオラのためにノエルの動向をさぐれと命じたのなら、相手はセルバスに違いない。ヴィオラはそう考えた。

「でも、セルバスがあやしいと叔父様に申しあげても、叔父様はセルバスがそんなことをするわけないと……笑ってとりあってくださらなくて」

スカートの上で握られた手に力がこもる。そのこぶしを振りあげ、ヴィオラはマルグリットを振り向いた。

「こうなったら、わたくしが証拠をつかもうと思うの！」

「んんっ⁉」

予想外の方向に話が飛んでいって、思わずすっとんきょうな声が漏れる。慌てるマルグリットを意に介さず、ヴィオラは決意のまなざしを窓の外に向けた。

高い屋根を並べる大通りの店々に遮られて見えないけれども、その向こうにはディルクとノエルのいる王宮がある。

「ノエル様のためならわたくし、勇気が湧いてくるわ！」

「待ってください、危ないことはやめましょう⁉」

謎の情報収集能力を誇るノエルのことだ。ヴィオラがセルバスを疑ったのなら、ノエルはすでに証拠固めに動いていてもおかしくない。

「ヴィオラ様になにかあったら、ノエル殿下が……」

「わたくしのことはいいの」

首を横に振ったヴィオラは、一転してほろ苦い笑顔をマルグリットに向けた。

「わたくしがノエル様のお役に立てることなんて、そのくらいしかないもの……」

（ノエル殿下――ッ‼）

ヴィオラが王宮に戻って、ふたりきりの時間はいくらでもあっただろうに、どうしてきちんと想いを告げておいてくれなかったのか。

マルグリットは初めてノエルに怒りを抱いたような気がした。

道中でなんとかヴィオラを説得し、「ノエル様を心配させるようなことはしない」と約束させているうちに、あっというまに目的地についた。

ふたりが訪れたのは、王都のやや郊外に近いあたりに新しくできたという商業施設だ。一度見ておいたほうがいいと、シャロンが教えてくれた。

「何度か外には出ましたが、こうしてお店を見てまわるのは初めてですね！」

馬車から降りたマルグリットとヴィオラは、真新しい壁に吊りさげられた店々の紹介を興味深そうに眺めた。ふたりの背後にはアンナとクロエが控える。

馬車停めから舗装された通りが続き、左右に巨大な建物がある。建物の中をいくつかの空間に分割して、それぞれの空間にテナントと呼ばれる店が入っているそうだ。

王都の大通りにもたくさんの店があるが、店はそれぞれの間口を構え、もちろん中で行き来はできない。

「めずらしい造りね」

「このあたりはエミレンヌ王妃が再開発をされたのです」

もともとは畑が広がる王都の外れだったが、王都が発展したことで急激に人口が流入し、収拾がつかなくなっていた。それをエミレンヌが土地ごと買いとり、街道と住居を整備して、モールを建設した。

「今は王家の所有ではなく、複数の商会が共同で運営しているそうです。領地経営の参考になるかと思って」

「そうね」

この場所を選んだマルグリットの意図を知り、ヴィオラはほほえんだ。

カディナとリネーシュの友好に役立ちたい、という夢を抱いたヴィオラは、目下交易と経営の勉強中だ。この外出は、その夢に対するマルグリットの応援でもあるのだ。

建物の中に入ると、ふんだんに採光窓のとられた屋内は、そうとは思えないほど明るく、煌めきに満ちていた。通路を歩く客の視線にあわせ、店先にはおすすめや自慢の商品が飾られている。

香水瓶の華麗な切子細工に目を奪われ、さらに香りも楽しんだと思いきや、次の店には流行のドレスが並び、その隣の店には靴が、日傘が、扇が、そしてさらに奥にはかわいらしいお菓子売り場が、といった様子なのである。

マルグリットとヴィオラは興奮に手をとりあった。

「どうしよう！　歩くだけで楽しいです！」

「あれもこれも気になって目移りしてしまうわね……！」

エミレンヌ王妃はなんという施設を造ったのかと唖然としてしまう。周囲でも、貴族の

令嬢や裕福な町民と思われる娘たちがきゃあきゃあと声をあげていた。

通路にも店内にも買い物客は多く、なかなかの繁盛ぶりなのも頷ける。

「今日はノエル様への贈りものを買いにきたというのに……」

「わたしも、ルシアン様になにか贈れたらと……」

もともとマルグリットは物欲のないほうだ。おまけに自室へ移動したばかりのころは埋まらないと思っていたクローゼットの空間は、ルシアンが知らないうちにドレスやアクセサリーを追加していくせいで残り少なくなってきた。

今日だって、自分のものを買う気はなかったのに。

「見ているとほしくなってしまいます……！」

「ええ、なんという魔性のディスプレイなの」

「ヴィオラ様！　あそこに案内板が！　男性用品、贈答品は向かいの建物、と……！」

「よくやったわ！　ここは出ましょう」

さっとドレスの裾を持ちあげるとマルグリットはヴィオラの手をとり出口を目指した。

通りを横切り、向かいの建物に入る。

こちらはがらりと趣きの異なる内装になっていた。

先ほどの建物がきらきらしく飾られていたのに対し、落ち着いたシックな壁紙や天井で、店の展示も高級感を押しだすものが多い。

「こうして建物ごとにテーマや内装に差をつけることで、今度はなにがあるんだろうってわくわくしますね」

「ええ、こちらも素敵ね。ノエル様にぴったりのものが見つかりそうだわ」

いくらか気持ちを静め、マルグリットたちは店をひとつひとつ覗いていく。

大陸中の茶葉を集めたという店には、マルグリットの知らない銘柄もある。それぞれに淹れ方の紹介があり、湯の温度や蒸らし時間などが詳しく解説されている。

「香りがいいわね。ノエル様はお茶の時間をよくとられるし、茶葉にしようかしら」

見て歩きながら店の端までくると、すぐに次の店の品物が始まる。

「こちらは文具だそうですよ」

マルグリットもルシアンも、書類仕事が多い。屋敷にいる時間の大半は書斎にいる。

(おそろいの万年筆とか……)

さらに視線をあげて向かいの店を見れば、ガラスケースに並ぶのは男性用のカフスボタンだ。スカーフや留め具もある、装飾品の店らしい。

深く輝くオニキスの黒にマルグリットの視線は惹きつけられた。

(ルシアン様にぴったりだわ)

まるでルシアンの瞳を覗き込んだときのようだと考えたところで、キスの直前、自分を見つめるルシアンを思いだしてしまい、頬が熱くなる。

（なななななにを考えているのかしらわたし）

先日から、ルシアンとの記憶が勝手に再生されてしまって止まらない。これでは恋をしたてのころのようだ、とマルグリットは頭を抱えた。

結婚して、そろそろ一年がたとうとしている。とはいえ互いの気持ちを伝えあったのは半年ほど前のことだから、おかしくはないのかもしれないが。

（ルシアン様の態度が、甘すぎて……！）

「奥様？　どうされましたか？」

「アンナ！　だ、大丈夫よ」

そばに控えていたアンナに声をかけられ、マルグリットは飛びあがりそうになった。

「少し、疲れたかしら」

ということにして、近くのソファに腰をおろす。

廊下のわきには休憩用のスペースがあり、空の見える広い窓の前には花壇に花が植えられている。

（すごい場所ね……）

ようやく落ち着いてきた胸を押さえ、マルグリットは息をついた。

通りの反対側の窓から見える景色は、今はまだ掘っ立て小屋が並ぶ地区だけれども、今にこのモールを中心にほかの店や家も建ち並ぶだろう。貴族も別邸を造るかもしれない。

そうすれば王都はさらに繁栄する。エミレンヌはそんな未来を夢見ているのだろう。

（あら）

周囲を見まわしていたマルグリットは、店員の中に見知った顔があることに気づいて立ちあがった。ちょうど向こうもマルグリットに気づき、急いで店の奥から出てくる。

「あなたはイグリア商会の」

「マルグリット奥様」

日焼けした顔をにっかりと笑わせているのは、イグリア商会で下働きをしている少年だ。普段は汚れてもよい作業着なのに、今日は襟付きのシャツにエプロン姿だったからすぐにはわからなかった。

「うちもここで店を出しているんですよ」

少年が示したケースには、ドライフルーツやジャムなどが、味見のできるように小分けにして置かれていた。

「奥様もどうぞ」

「まあ、おいしい……！」

勧められてそのうちのひとつを口へ運び、マルグリットは目を輝かせる。

「果実の甘酸っぱさと砂糖のやさしい甘さがよくあっているわ」

「フルーツを仕入れて作っているんですよ。ここは貴族の方も多いですからね」

フルーツも砂糖も貴重品だ。これだけふんだんに使い、手間をかけて作るのは、イグリア商会のように財力がなければ難しい。

「クラヴェル領からも、なにか王都に出せるものがあるかしら？」

「クラヴェル領のフルーツなら、オレンジでしょうか」

「そうね。ジャムにもできるし、皮も砂糖漬けにして、お菓子にも使えるし……あ、チョコレートにあわせたらおいしそうじゃない？」

コクのあるカカオの香りに柑橘の香り、ほろ苦さと甘酸っぱさの混じりあう味わいを想像し、マルグリットはうっとりと頬を押さえる。

しかし少年はきょとんとマルグリットを見た。

「チョコレート、ってなんですか？」

カディナの名産であるチョコレートは、イグリア商会でもあまり知られていないらしい。

「ええとね、茶色くて、甘くて、こう……ふわっと香るの。それでとろっと蕩けて」

身振り手振りで説明しようとするマルグリットに少年も興味津々の目になった。もともと商人たちは新しいものが好きだ。そうでなければ未知の場所に出かけていって交易を開拓しようとは思わない。

「おいしそうですね！　ぜひうちで扱わせてください」

「ええ、もし実現したら食べさせてあげるわね。ここにも置いてちょうだい」

「楽しみにしてます」

「ルシアン様にも説明したいから、このドライフルーツをくださる？」

「ああ――……はい」

ルシアンの名に少年はなぜか少し気まずげな顔になって店の奥へ視線を走らせた。

気づかないマルグリットはいくつかのフルーツを選び、包んでもらう。

（フルーツを買ったなら、紅茶も買おうかしら。ヴィオラ様もお茶請けにどうかしら）

アンナに品物を手渡しながら、少年は「そうだ」と思いだしたように言った。

「建物の裏のほうはまだ昔の路地が残ってるんです。危ないですから、行かないように気をつけてくださいね」

「わかったわ、ありがとう」

振り向いてみればヴィオラもなにかを買ったようで、向かい側の店で店員と話し込んでいる。

（わたしも早くルシアン様への贈りものを決めなくちゃ）

ルシアンも心配するだろうから、日が落ちる前に帰らなければ、とマルグリットも歩きだした。


――数時間後。

すでにとっぷりと日の沈んだモールの馬車停めで、マルグリットとヴィオラは放心していた。頭上には降り落ちてくるような星々が輝く。

付き従うアンナとクロエは、両手に大荷物を抱えている。

「買ってしまったわね……」

「買ってしまいましたね……」

結局、ルシアンへの贈りものを決めきれないまま、

「これもいいのではなくて？」

「あら、こちらも……」

と選んでいるうちに、気づけば買ってしまっていたのである。自分のものならば目を逸らせたはずの自制心は、贈りものだという言い訳を得て吹き飛んでいった。

(ルシアン様がわたしにドレスを買ってくださる気持ちがわかったわ……)

似合いそうだと思えば確かめてみたくなる。気に入るだろうと思えばよろこぶ顔が見たくなる。

(ルシアン様も、こんな気持ちでわたしを……)

赤くなってしまった頰は夕闇が隠してくれた。

急に疲れを自覚した身体を夜風で冷ましながら、侍女たちが馬車に荷を積むのを見ていたときだった。

「セルバス……」

驚いたように名を呟くヴィオラの視線の先には、身なりのよい男がいた。帽子をかぶり髪を隠してはいるが、街灯の下を通り抜けて薄暗い路地へと消えた姿はたしかにセルバスのもの。

「どうしてこんなところに？」

「向こう側は危ないから行くなと……」

言いかけて、マルグリットは口をつぐんだ。思い返してみても彼の足どりに躊躇はなかった。道がわからずに迷い込んでいったのではなく、むしろ身を隠すために路地へ入ったようにも見えた。

「やっぱりセルバスが、叔父様を裏切って……！」

ヴィオラの顔が怒りに染まる。

「ヴィオラ様！」

止めようと手をのばしたときには、ヴィオラは走りだしていた。馬車停めを抜け、あっというまに雑踏の中へ紛れてしまう。

「アンナ！　イグリア商会へ行って、人を出してもらって！　ヴィオラ様とセルバスの捜索！　王宮にも連絡を入れて！」

素早く命じ、マルグリットも駆けだした。

「マルグリット様!? お待ちを――」

「急いで!」

ヘッドピースの隙間から覗く銀髪が星明かりを跳ね返す。その輝きを目印に、マルグリットも人波をかきわけてヴィオラのあとを追った。

華やかな建物の裏へまわり、ヴィオラは人気のない路地へと入っていく。

舗装のされていない道にヒールが埋まり、マルグリットは眉をひそめた。昔の路地が残っていると少年が言ったのは正しかった。モールから離れるにつれ景色は一変し、狭い路地には寄せ集められたような家の残骸が両側から迫る。すでに住人は去り、がらんどうの家々は、ならず者が身を隠すにはうってつけだろう。

その一画で、セルバスは足を止めた。マルグリットも少し離れた場所からそっと様子をうかがう。

「セルバス」

「はい、ヴィオラ殿下」

怒りを含んだヴィオラの声と、それに応じる男の声が聞こえた。

「叔父様を裏切ったのね。わたくしをリネーシュへ送り込んで、トラブルを起こせばいいと思ったの?」

クラヴェル領主であるマルグリットとカディナ国王女であるヴィオラが争いを起こせば、

その争いがマルグリットの夫ド・ブロイ公爵にまで飛び火すれば、リネーシュとの国交にもヒビが入る。

だが、ヴィオラの問いにセルバスは肩をすくめた。

「いいえ、まさか。その程度のことで結ばれた和平が白紙になることはございません。ただ、時間稼ぎにはなるかと思ったのですよ」

「……？」

「それから」

セルバスが目を細める。

「わたくしはまだディルク殿下を裏切ってはおりませんよ」

その瞳の奥に冷酷なものを感じとり、マルグリットが息を呑んだときだった。

じゃり、と背後で物音がした。はっとして振り向こうとしたマルグリットの腕を、男の手がつかむ。

「っ⁉」

路地の暗がりから数人の男たちが湧きでるように現れた。

「王女様のあとを追ってきたのはこいつだけか？」

「そうらしい」

（しまった）

頭上から落ちる声にマルグリットは顔を青ざめさせた。セルバスがわざわざ足を止めてヴィオラと相対していたのは、仲間に周囲をさぐらせるためだ。

視界の隅で、ヴィオラも男たちにとり囲まれた。

もがくマルグリットの口を別の手が塞ぐ。叫ぼうとしても、くぐもった声は誰にも届かなかった。

埃っぽい室内に、ヴィオラのすすり泣きが響く。破れ窓には板が打ちつけられ、染みの広がる天井の隅には蜘蛛の巣がかかる。だが大した獲物も期待できなかったのだろう、すでに巣は打ち捨てられ、やはり埃をかぶっている。行くあてがないのか痩せ細った鼠だけが、赤い目をギラギラと光らせて侵入者を睨んでいた。

男たちに引きずられ、ヴィオラとマルグリットは近くの廃屋の一室に閉じ込められた。

後ろ手に縛られ、さるぐつわまで噛まされた状況に、ヴィオラは身体を震わせて泣いている。

自分たちを裏切ったセルバスを見て、頭に血がのぼった。立場も考えずマルグリットの制止も聞かず、感情のままに行動してしまった自分は、結局なにも変われていない。

（わたくしの……っ、わたくしのせいで、マルグリットまで巻き込んで）

と、マルグリットの手がやさしく背中を撫でた。

「ヴィオラ様、大丈夫ですよ」

小声で囁かれて、ヴィオラはぽかんと詰め物をされた口を開いた。

ヴィオラと同じように縛られていたはずのマルグリットは、あっけらかんとした顔でヴィオラの背中をさすっている。

その表情にはひとかけらの恐怖もなく、床には縄が落とされていた。

（……は？）

口を封じられていなかったら、王女が出してはいけない声が出ていたと思う。混乱が一周して涙も止まる。

凝視するヴィオラを怯えていると勘違いしたらしい。マルグリットはなだめるようににこりと笑う。

「いま縄をほどきますね。声は出さないでくださいね」

そう言うとマルグリットはヴィオラの手首を縛めていた縄を外し、さるぐつわも外してくれた。

「……なんで？」

「手首ならギリギリ縄抜けができるんです。昔そういう閉じ込め方にハマっていた時期がありまして……」

妹が、と遠い視線になるマルグリットに、ヴィオラの頭にはさらに疑問符が飛ぶ。

「荒れ果てた部屋も蜘蛛の巣も鼠も昔はよく見ていたというか」

「なんで？」

「しーっ」

わけがわからないままのヴィオラをたしなめ、マルグリットは隣の部屋をうかがった。

ドアの向こうにはセルバスをはじめとしてふたりを攫ってきた男たちがいる。

ルシアンは見張りをつけていると言っていた。アンナにも通報を頼んだから、この事態は伝わっているはず。捜索の手がここへ届くまで、なんとか時間を稼ぎたいが、

「話が違うぞ！　おれたちの仕事は王女様の誘拐だろう⁉」

「だがお前たちも顔を見られた」

「それはお前の失敗だ！」

聞こえてきた言い争う声に、向こうの状況もあまりよろしくないようだ、とマルグリットは息を詰める。

「俺たちが逃げるのに必要なのはひとりだけだ」

「――……！」

唸るような声とともに、隣室の空気が凍りつく。

長い沈黙がただよった。やがて、椅子を引く音がして、軋む床が男たちの移動を伝える。

「マルグリット……」

「ヴィオラ様」

怯えるヴィオラを背中に庇い、立ちあがったマルグリットはドアを見つめた。

心臓が激しく動悸を打つ。乱れそうになる呼吸を落ち着けて、マルグリットはゆっくりと開くドアを見据え続けた。

(ルシアン様が必ずきてくださるわ)

マルグリットの使命は、それまでヴィオラと自分自身を守ること。

蝋燭の頼りない光を背景に、男たちが部屋へ踏み入る。先頭の男の手にナイフが握られているのを認め、ヴィオラは顔をひきつらせる。

暗がりのマルグリットとヴィオラの姿をようやくとらえたのだろう、男たちの表情に動揺が走った。

「なんだ？　どうして縄がほどけている⁉」

「お前ら、逃げるつもりで――」

男の声を遮るように、ガタン、と大きな物音が外から聞こえた。続いて、建物へとなだれこむ足音。

男たちの視線が戸口を向く。

「見つかったぞ！」

セルバスの叫びに男たちは顔面蒼白になる。粗末な家には身を隠す場所もない。板で塞がれた窓に突進する者、廊下へ逃げようとする者――、

「おい、そいつらを人質に――」

「くそっ！　お前らのせいで……！」

傷はつけるなとセルバスが止める間もなく、怒りに顔を歪めた男がナイフを振りあげた。

「いやあああああっっ‼」

ヴィオラの悲鳴が空気を切り裂く。見開いた蜂蜜色の瞳には、マルグリットへ向けられたナイフが映る。

マルグリットは目を逸らさなかった。

迫るナイフに向かって、一歩を踏みだす。迷いのない両手が刃を叩く。

パキイン――と聞き覚えのある金属音がした。

風切り音を発した刃が男の頬に浅い傷をつけ、壊れかけた壁へと勢いよく突き立つ。

「……っ、はあああああ⁉」

驚愕の表情で折れたナイフの根元を見つめる男は、背後に迫る人影に気づかない。気づいたときには、「ぐぎゃっ」と情けない叫びをあげて白目を剝くと、男の意識は暗闇に落ち込んでいった。

マルグリットは薄暗い灯りの中にたたずむ相手を見た。

「ルシアン様」

ほっとつきかけた安堵の息を呑み込む。

息を荒らげるルシアンは、細めた目の奥に燃えあがるような怒りを宿し、そしてまたそれを堪えようとぎゅっと目を閉じた。

「遅くなってすまない。……さがすのに時間がかかった」

言葉はやさしいけれども、叫びだしたいのを耐えるような響きがあった。

(ものすごく怒っていらっしゃる……!!)

手に持った剣を床へ投げ捨て、ルシアンは男を足蹴にした。訓練用の剣は刃を潰してあるために切り傷を負わせることはないが、こうして殴れば気絶する。

ルシアンの背後には数人の男が倒れ伏していた。あとからやってきた衛兵たちがひとりずつ縄をかけていく。

「あの、ルシアン様――」

「マルグリット」

心配かけてごめんなさい、と謝るよりも先に、ルシアンは息ができないほどにきつくマルグリットを抱きしめた。感情を読ませない低い声がマルグリットを呼ぶ。

(叱られる……!?)

次にくる怒声を予想して、マルグリットが身をすくめたときだった。

「……無事でよかった」

痛いくらいに込められた力とは裏腹に、吐息とともに届いたのは弱々しい声。顔をあげたマルグリットと、眉を寄せるルシアンとの目があう。

深海色の瞳は切なげに揺れていて。

「踏み入った瞬間にナイフに向かっていく君が見えた」

「申し訳ありません……」

自分自身をなおざりにしたわけではない。ナイフを相手にしても勝算があったからこその抵抗だったし、実際にマルグリットは無傷でぴんぴんしている。

けれども、ルシアンが伝えたいのは、そういうことではなくて。

「君になにかあったら……俺は生きてはいけないぞ、マルグリット」

「はい……あの、今後は気をつけるようにいたします」

真っ赤になってしまった頰を押さえ、マルグリットは顔を伏せた。ルシアンの腕はまだマルグリットの肩を抱いて、自分へ引きよせようとしている。

眉をひそめるルシアンは、数秒前の自分が盛大な愛の告白をしたとは気づいていないらしい。

「……ありがとうございます、ルシアン様」

ルシアンの背に腕をまわし、胸に頭をもたせかけて、マルグリットは目を閉じた。

ぼろぼろの部屋で抱きあうふたりを見つめながら、ヴィオラは小さく息をついた。マルグリットの奥義(おうぎ)シラハドリがこんなところで役に立つとは思わなかった。ヴィオラの扇を折ったのが経験値になったのだと考えれば複雑な気持ちではある。

ヴィオラを救ってくれたマルグリットは、ルシアンを見つめて顔を赤くしている。

(ノエル様はきてくださらなかったわね)

比べても意味のないことだと自分を叱り、ヴィオラは立ちあがる。助かったのだから、それでよかったと思わなければ。もしマルグリットに被害(ひがい)が及(およ)んでいれば、この身体に傷がついていれば、国どうしの問題になっていた。

セルバスを捕(と)らえることもできた。カディナとリネーシュの国交はさらに前進する。

(だから――だから、寂(さび)しいなんて思っては――)

あふれそうになる涙を堪え、ぐっとこぶしを握ったとき。

「ぎえっ」という小さな悲鳴が聞こえた。縛られて床に転がるセルバスを踏みつけてこちらへ駆けよる足がある。

きらりと走った金色の煌めきが、滲(にじ)むヴィオラの視界を差した。

「ヴィオラ」

甘い、やさしい声が耳に届く。

と思ったら、ヴィオラの身体は苦しいくらいに抱きしめられていた。

この金髪(きんぱつ)もこの声も、ヴィオラはよく知っている。

「ノエル様……ッ⁉」

「ごめんね、ルシアンほど早く駆けつけられなくて」

目を見開くヴィオラに、報せ(しら)を受けたのが王宮だったのだとノエルは眉をさげる。

「ルシアンみたいに、もっと近くで待機していればよかったんだけど……」

（汗をかいていらっしゃるわ……）

ぐりぐりとすりよせられる金髪は、ヴィオラが触(ふ)れればしっとりと湿気(しっけ)を含んでいた。

狭い路地に馬車は入れない。きっと馬車停めのあたりから走ってきてくれたのだろう。馬車の中でもずっと気を揉(も)んでいたのかもしれない。

「無事でよかった」

その言葉が耳元に落ちた瞬間、ヴィオラの目からは涙があふれていた。

「わ、わたくし……っ、ノエル様が、好きです」

ノエルに愛されていなくても、政略結婚でもいいと言い聞かせていた。そばにいられるだけでいいと殊勝(しゅしょう)なふりをした。

でもわがままな心はそれだけでは足りないと言う。

ノエルが少しでもヴィオラの存在を認めてくれるなら。

「わたくしはやっぱり、ノエル様に愛されたい……っ」

泣き顔をさらしたくないと思うのに、こぼれる涙が止まらない。目は赤らみ、濡れた頰は荒れて、たぶん鼻水だって出ている。

ノエルが息を吞む気配が伝わって、口走った言葉は瞬時に後悔に変わった。

(こんなみっともない顔で想いを告げられて、嬉しいはずがないわ)

どうしていつもこうなのかとうつむきかけたヴィオラの頰に、ノエルの指先が触れた。

「ああ……本当にかわいい」

「……え？」

ぐちゃぐちゃになった顔をそっと持ちあげられて、ノエルと目があう。

ノエルは笑っていた。それはそれは幸せそうに、今まで見たことのない顔で。

「ようやく言ってくれたね、好きだって」

「……えええ？」

そうだっただろうか、とヴィオラは記憶をさぐる。そういえば、ノエルといるあいだは逃げようとしてばかりで、きちんとした会話も成り立っていなかった。告白などできる状況ではなかったのだ。

ノエルの身体が離れる。縋るようにのばしかけた手を、ノエルにとられた。

「ずっと好きですよ。初めてあなたに会ったときから」

手の甲にキスを落として、ノエルはじっと上目遣いにヴィオラを見上げる。

「あなたがつれない態度をとるから、いじわるをしてしまいました」

エメラルドのように深い輝きを放つ瞳の奥には、ようやくわかった情熱が燃えているから、きっとノエルは嘘をついていない。

うるさいくらいの鼓動とともに、ヴィオラはノエルの言葉を噛みしめた。

（そうだったのね……初めて会ったときから、ノエル様はわたくしのことを……）

カディナで開かれた晩餐会のあの夜、壁の花になっていたヴィオラに手をさしのべてくれたときから——。

「……初めて会ったときから!?!?」

崩れ落ちそうな廃屋に、ヴィオラの叫びが響き渡った。


ようやく思いが通じあったノエルとヴィオラに胸中で拍手を送り、マルグリットはもぞりと身じろぎをした。

マルグリットを腕の中に閉じ込めたまま思案モードに突入してしまったらしいルシアンは、マルグリットの髪へ指先を絡めつつ難しい顔で考え込んでいた。

今回はマルグリットが悪かったという自覚があるのでおとなしくしているのだが、これ

はもうしばらくするとキスが降ってくることになる。捕縛した男たちも外に出され、そろそろ撤収の雰囲気をまとわせた衛兵もノエルもヴィオラもこちらを見ているのでものすごく恥ずかしい。

「ルシアン様、あの、なにをお考えなのですか」

尋ねると、ルシアンは「ああ」と顔をあげて、周囲の状況を把握したらしい。腕の中からマルグリットを解放してくれた。

「護衛について考えていた」

「護衛」

「見張りをつけたと言っただろう。しかしこのような緊急事態に即座に対応するためには戦闘訓練を受けた護衛をつけなければ意味がないとわかった」

「そうですね。救助がくるとわかっていたから落ち着けた部分もありましたが」

ヴィオラが走りだしたとき、マルグリットも見失いそうになった。夜の路地は狭くて暗く、見張りの者も一度見失ってしまったためにルシアンの到着が遅れたのだろう。

それでも、ルシアンは予想よりもずっと早くに駆けつけてきてくれた。ド・ブロイ邸にいたのならノエルと変わらない距離のはずなのに。

「ルシアン様はどちらにいらっしゃったのですか？」

なにげなく尋ねると、ルシアンの目が泳いだ。

「？」

「……モールの、イグリア商会だ」

首をかしげるマルグリットに、ルシアンは寄せた眉間に手をあてつつ答える。

「イグリア商会……」

ルシアンの名を出したとき、店番の少年が微妙な顔をしたのを思いだす。

「たまたま商談が今日だったんだ。……マルグリットの外出の日に、商談を入れたわけではなく」

だが、本当にルシアンの言うとおりたまたまなら、店番の彼はルシアンがいることをマルグリットに教えたはずだ。

ごほんと咳払いをしてルシアンは赤くなった頰をごまかした。外に出てしまえば灯りのない路地で表情は見えない。衛兵たちのカンテラの光を頼りに、ルシアンとマルグリットは手をとりあい歩きだす。

「護衛の話だが」

平静を装ったルシアンの声が聞こえた。

「護衛を手配できるまでは、外出には俺が付き添う」

（……あれ、ヴィオラ様ではなくわたしの話だったのね？）

夫がもっと過保護になってしまった気がするマルグリットだった。

部屋に入ったディルクは、途端に三方から向けられた視線にたじろいだ。正面のチェアにはリネーシュ王妃エミレンヌが、仰々しいまでのオーラを放ちながら座る。そのエミレンヌを挟むように立つのは、姪ヴィオラの婚約者ノエルと、ド・ブロイ公爵ルシアンだ。

ちなみにここはエミレンヌの執務室であり、かつてマルグリットの父モーリスが爵位剝奪の判決を受けた部屋なのだが、ディルクには知るよしもない。

「ようこそ参られた、ディルク殿」

にっこりと笑うエミレンヌと、ほほえみを浮かべるノエル。ルシアンだけは無愛想な視線を向けるが、なぜか笑顔のほうに薄ら寒いものを感じてディルクは身を震わせた。

「このような早朝に急な呼び出しとは、いかがされたのかな」

遠まわしに無礼を指摘しても、エミレンヌは動じなかった。

「実は、あなたの愛姪ヴィオラ王女が、かどわかされたと報告が入った」

「！　ヴィオラが……」

「心配いらない。ヴィオラ王女はすでに救いだされ、怪我もない。実行犯も捕縛された」

うろたえるディルクを落ち着かせるように、エミレンヌはさらに笑みを深めた。

「セルバスと、やつが連れていたカディナの者どもの仕業だった」

「セルバスと……カディナの？」

「国境領の役人たちだ。どうやら彼らは不正をしていてね。それを隠すために色々と画策していたようだ」

「そんなことが……」

呆然と呟くディルクの頭の中をめまぐるしく疑問が駆けまわる。

実行犯、とエミレンヌは言った。ほかにも共犯者がいることを彼女は知っている。

なぜ、どうして、どこで――計画は綻びたのか。

「最初からだよ」

まるでディルクの思考を読んだかのように、目を伏せたエミレンヌが答えた。その口元にはもうほほえみはない。

「以前からあなたは目をつけられていたのさ。このルシアンの父親――前ド・ブロイ公爵から、領地のことは細かな報告を受けていてね」

国境を守るド・ブロイ公爵領とクラヴェル伯爵領は、昔から小競りあいをくり返しては、相手が悪いのだと王家に訴えてきた。いつ衝突が起きてもおかしくなかったふたつの領地がぎりぎりのところでもちこたえていたのは、アルヴァンの功績だ。

ことあるごとに領地へ戻っていたアルヴァンは、ド・ブロイ領からの手出しを最小限に抑えた。そのうえで、自分の領地が受けた被害も細かく報告した。

そんな領地争いを見ているうちに、エミレンヌは気づいたのだ。

カディナ国境からの侵入や略奪が、ほとんど起きていないということに。

「国境があり、それなりの防壁があるとはいえ、越えようと思えば越えられるものだ。にもかかわらずカディナはリネーシュを襲おうとしない。もしや和平が結べるのではないかと気づいてね。書状を送ってみたら、驚くじゃないか」

射貫くような視線を向けられ、ディルクは思わずあとじさった。

「リネーシュのド・ブロイ領とクラヴェル領はたびたび国境領を襲撃している。馬鹿にするなとお叱りの手紙がきた」

「！」

「ド・ブロイ領ではそのようなことはしておりません」

怒気を孕んだルシアンの声に、ディルクの額に汗がつたう。

「そう。幸いなことにクラヴェル領も略奪や小競りあいはド・ブロイ領にしか向いていなかった。モーリスが意気地なしでよかったよ。――ま、経営が悪化すればどうなるかわからないからマルグリットに当主を交代させたわけだが」

さらりとつけたされた言葉にルシアンが顔をしかめる。その交代劇のことをいまだに根に持っているのだと思いだしたエミレンヌは、こほんと咳払いをした。

「とにかく、カディナ国王と秘密裏にやりとりしてね、事実を確かめてもらった。そうしたら、略奪の報告は領主からディルク殿を通してなされていたとか」

「そんな——それだけだろう⁉　証拠などない！」

「証拠ならあります」

これまで無言だったルシアンが執務机の書類をとりあげる。

「平民のふりをして密入国しようとしていた不届き者を取り調べたところ、カディナ国境領の役人たちであることがわかりました」

ノエルもまた、別の紙片を掲げてみせる。

「和平条約の調印の際に、カディナの王宮内を調べさせてもらいました。ぼくは隠し事を見つけるのが得意なのでね」

広間で妙な目配せを交わす貴族と侍女がいた。気づかれぬよう監視していたら、飲み物を渡すふりをして侍女は紙きれを受けとった。

その侍女はヴィオラの侍女。なのに向かった先は、ディルクの自室。

「な……っ⁉　そうか、ヴィオラを広間から連れだしたのは——」

——わたくしを選んでくださる王子様に出会ったのよ！

熱に浮かされたようにそう言っていたヴィオラ。何度も語り聞かされた王子様の戯れの意味を、ディルクは今さらに理解した。

王家の人間しか入れない奥の間に入るため。

「さすがにディルク殿下の自室には忍び込めませんからね。調査はカディナ国王に任せましたが、慣れていらっしゃらないのかだいぶ待たされて」

ノエルはうんざりとした顔を見せる。

だから、ヴィオラを連れ戻すという名目で、国王はディルクを直々にリネーシュへ派遣した。そのあいだにディルクの部屋が調べられ、不正の証拠が見つかった。

自分たちの立場が危ないのを感じていたのだろう、セルバスと不正に手を染めた役人たちは、ディルクをリネーシュへ残し、ヴィオラを誘拐して逃亡する計画だったという。

エミレンヌは一通の書状を広げた。見覚えのある兄王の筆跡が、ディルクの有罪を告げていた。

「今ごろカディナではあなたのお仲間たちが捕縛されているわ」

わなわなとこぶしを震わせながらも、ディルクになす術はなかった。

そんなディルクを眺め、ノエルはため息をつく。

「ヴィオラを利用した罪悪感はありますが……あなたと違ってぼくは責任をとりますから」

「私と違って、だと」

「ええ——」

ノエルの目がすっと細められた。冷たいものが背すじを走り抜ける感覚に、ディルクは顔を青ざめさせる。

「王家の中でヴィオラが孤立したのはあなたのせいです」

ヴィオラが侍女たちから距離を置かれるきっかけになったのは、無礼な態度をとった侍女をディルクが解雇したからだ。だが、その穴埋めとしてディルクが雇った侍女は、王家の目を盗んで税収を横領するための部下だった。

ヴィオラにかしずくこともなく、侍女はせっせと書類の改竄に励んだ。

「あなたはヴィオラのためを思って行動なんてしていなかった」

新しい侍女がヴィオラに寄り添ってやれば、味方になってやれば、なにかが変わっていたかもしれないのに。

ディルクはただヴィオラのわがままを聞き入れるだけで、彼女を導いてやろうとはしなかった。

ルシアンが扉を開くと、衛兵たちが入ってきた。うなだれるディルクの腕を引き、彼を外へと連れだす。その後ろ姿を見送ってから、ルシアンはまた扉を閉めた。

「……以上が今回の件のあらましよ」

ふたたび向きあったルシアンに、エミレンヌの重々しい声が落ちる。

この場にルシアンが呼ばれていたのは、エミレンヌとノエルの配慮だ。ド・ブロイ夫妻を巻き込んでしまった以上、事実を伝えなければならない、という。

「マルグリットにも事情を説明しても？」

「ええ、もちろん。悪かったわね」

本気で申し訳ないと思っているのだろう、エミレンヌはいつもより覇気のない顔をしている。

「今回のことは、マルグリットの判断でもありますから」

ヴィオラを公爵邸に連れ帰ったことやセルバスとヴィオラのあとを追ったことの責任を王家に問おうとは思っていない――建前上は。

エミレンヌはほっと息をついた。

「マルグリットがいなければこんな決着にはなっていなかったでしょうね。よくねぎらってあげてね」

「当然です」

「不思議な子よね、あの子は……」

そのマルグリットは、さすがに疲れが出たようで今日はルシアンが起きてもまだ目を覚まさなかった。好きなだけ寝かせてやるようにとアンナに言いおいて出てきたのだ。

ふとマルグリットとともに捕らわれの身になっていたヴィオラの泣き疲れた顔を思いだし、ルシアンはノエルを見た。

「ヴィオラ王女の体調はいかがですか」

「めずらしいね、君が女性を気にするなんて」

「変な言い方はやめてください。俺が愛しているのはマルグリットだけです」

「さすがにそれはわかっているよ。ヴィオラは昨日の疲れが出たみたいでね」

まだ寝ているのだと目を細めるノエルの表情で、自分と同じように寝顔を眺めていたら起こすのが忍びなくなったのだろうことを知り、ルシアンは微妙な顔になった。

エミレンヌも顔をしかめている。

「ノエル、あなたね、好きなのはわかるけどほどほどにしておきなさいよ。婚約者とはいえ寝室に入るなんて」

呆れたように言いつつも、その忠告があまり意味のないものであることをエミレンヌは察していた。

ヴィオラとの関係をどうしたいのかと尋ねたとき、ノエルは話題を逸らした。嘘をつきたくはないが、本当のことも言いたくない、という微妙な心理を、エミレンヌは察した。

（本当に好きなものは、完全に手に入るまで隠そうとするのよね）

手に入れれば自慢げに見せびらかしてくれるのだが、と子どものころから変わらないノエルを思い返し、エミレンヌは口元をゆるめた。

# 幕間✦甘くて甘い

口の中にほろりと広がる苦み、それから甘酸っぱいオレンジの爽やかさと香ばしいチョコレートのコク――。

舌の上で何度も味を変えながら蕩けていく美味に、マルグリット、シャロン、ヴィオラの三人は目を輝かせた。

「いいじゃない」

「おいしいわ」

「これは売れるわよ！」

今日のド・ブロイ邸は、マルグリットの考案したオレンジ入りチョコレートの試食会場となっていた。

誘拐騒動のあと、マルグリットはルシアンから、ヴィオラはノエルから、今回の真相を聞いた。カディナ国王弟ディルク・シェアラインは、リネーシュの兵によって国境まで護送され、そこでカディナの兵に引き渡されたという。カディナからは協力への感謝と謝罪があったそうだ。

とはいえヴィオラは元気をなくしてしまい、自分もカディナへ戻ると言うのを、ノエルいわく「でろっでろに甘やかし」て引きとめているところだ。

どうにか元気づけてくれないかというノエルの頼みで、マルグリットはふたたび女子会を開くことにしたのだった。

「クラヴェル領で採れたオレンジの果肉をジャムにして、皮はピールにしました。チョコレートはカディナのものです」

「カディナでもフルーツとチョコレートの組みあわせは食べるけれど、これはまた一味違うわね」

マルグリットの説明をヴィオラは興味深げに聞いた。屋敷を訪れたときはまだぎこちなく遠慮した表情だったけれども、シャロンにも会い、気持ちは和らいできたようだ。

「リネーシュとカディナの両方の素材を使った、両国の友好にふさわしいお菓子ね」

（シャロン、いいこと言うわ……！）

マルグリットとヴィオラが誘拐されかけたことを、シャロンは知らない。王族の関与で役人の不正があり、国境領の不審な動きはそのせいだったということだけを伝えてある。

でもきっとなにかを感じとっているのだろう。

「ピールを入れるなら、チョコの甘さを控えめにして、薄く固めたほうがいいわね」

目を閉じて試作のチョコレートを味わっていたヴィオラが言う。

「せっかくのものだもの、妥協は厳禁よ。とことんやりましょう」

　びしっと指を突きつけ、ヴィオラは宣言した。その口元には笑みが浮かんでいる。

「カディナのためにも、わたくしもがんばらなきゃね」

「はいっ！」とマルグリットも笑った。


　元気をとり戻したヴィオラをまじえ、三人は試食を進めた。

　テーブルの上には、ジャムやピールを直接練り込んだもの、チョコレートで包みさらに外側をコーティングしたもの、丸くしたもの、薄くしたもの……など、様々な形状のチョコレートが並べられている。

　そこへ、ぴょこん、と三角の耳が飛びだした。

「ニャウ」

「あっ！　マロン！」

　慌ててマルグリットが抱きあげる。どこにでも入り込めるマロンは、家じゅうを自分の縄張りだと思っている。こういうときには困りものだ。

「だめよ、チョコレートは猫によくないの」

「ニャアン」

「ルシアン様にあずけてくるわね」

ルシアンの名に自分の行く先を察したらしいマロンは腕の中でゴロゴロと喉を鳴らして甘えるが、マルグリットは心を鬼にして書斎へ向かった。外へ出すだけではマロンはまた入り込んでしまう。

ノックをして書斎に入ると、ルシアンは書類にサインをしているところだった。

「申し訳ありません、チョコレートの試食のあいだ、マロンをあずかってほしくて」

「ああ、いま終わったところだ。問題ない」

ルシアンは手をのばしてマルグリットからマロンを受けとる。

「ナアアァ～ン……キュゥウン」

「あとでね、マロン」

ルシアンの腕の中で悲しげな鳴き声を出すマロンの頭を撫でてやり、マルグリットは部屋に戻った。

ひととおり試食をすませた三人は、よいと思う数種類を決め、レシピを確認した。オレンジはクラヴェル領で加工して王都へ送り、チョコレートはカカオの状態で王都へ運ぶ予定だ。モールの裏手の土地が余っているのなら、区画を買いとって加工のための工房を造るのもいいかもしれないとマルグリットは考えている。

「あとはパッケージでしょ。高級感あふれるデザインにしたいわね」

「チョコレートが手につかないようにする配慮も必要よ」

シャロンとヴィオラは別のテーブルで紙にペンを走らせながら話しあっている。

「ヴィオラ様？　チョコレートはもう召しあがらないのですか？」

ヴィオラの皿に試食用のチョコレートが余っているのに気づき、マルグリットは声をかけた。

やはりまだ気落ちしているのかと心配するマルグリットに、振り向いたヴィオラは、なぜか照れたような顔で。

「あのね……わたくしのこと、初めから好きだったたってノエル様が言っていたでしょう」

はい、とマルグリットは頷いた。

それはあの事件の夜にノエルが言っていたことだ。そのあとにヴィオラが絶叫していたのでマルグリットも聞いた。

「あの言葉が……魔性の言葉すぎて……っ！　ついつい食べすぎそうになっちゃうのよ！」

ぐぐっとヴィオラはこぶしを握った。眉間には深い皺が寄っているので、ヴィオラにとってはかなり深刻な問題らしい。

「ノエル様は前のわたくしが好きなのかしらとか……それならわたくし、やぶさかではないのだけれど……」

頭を抱え、ヴィオラはぶつぶつと呟く。昔のほうが好きなのかもしれないと思えば、それはそれで複雑なのだろう。

ただ、あのときのノエルは、間違いなく幸せそうな顔をしていた。

「ノエル殿下が言いたかったのは、どんなヴィオラ様でも好きだってことだと思いますよ」

マルグリットの言葉に、ヴィオラの呟きがぴたりと止まる。

「……そうかしら……？」

「そうです！」

おそるおそる顔をあげるヴィオラへ、マルグリットは力強く頷いた。

ヴィオラの過去を知らないシャロンは首をかしげていたが、惚気タイムが訪れたことは理解したらしい、

「ふふ、それならニコラス様も、仕事モードのわたしも乙女モードのわたしもかわいいって言ってくださったわ」

「ルシアン様も、きっとわたしがおばあちゃんになっても愛してくださると思うわ」

マルグリットも負けじと言い返す。

それから三人は顔を見合わせ、にやりと笑った。王女、公爵夫人、伯爵令嬢とは思えない、いたずらっぽい笑顔だ。

「今日は気にせず食べましょう。実はお菓子はまだまだあります」

テーブルの上のベルをとりあげ、チリンチリン、と鳴らすと、アンナがワゴンを押して入ってきた。

ふたたびお菓子でいっぱいになったテーブルの上には、チョコレートのケーキに、クリームを混ぜて固めたチョコレート、追加のオレンジジャムとクッキーもある。

「では、かんぱーい！」

お菓子をとりわけた三人は、各々ティーカップを掲げ、楽しい歓談に突入した。

ドアに張りつき、カチャカチャと鍵の取っ手をひっかくマロンを抱きあげ、ルシアンは長い毛を撫でてやった。ほとんどの部屋の鍵を開けられるようになったマロンだが、書斎だけは重厚な金属製であるため開けることができないのだ。

「向こうは女性だけの部屋だそうだ。気持ちはわかるがお前はオスだろう、マロン」

「ニャアン」

納得がいかないというように低い鳴き声を発し、マロンはじたばたと身をよじらせる。

マロンを落とさぬようしっかりと抱きとめながら、ルシアンは部屋の反対側、ソファに視線を向けた。

「ですから、会が終わるまで、ノエル殿下もここでお待ちください」

「ええー。ぼくの話をしてると思うんだけど？」

ソファに沈み込んで腕を組み、唇を尖らせるのはノエルだ。ヴィオラ到着からしばらくして、こっそりと馬車を乗りつけてきたノエルの訪問は、内密にしろと本人が言うのでマルグリットたちには知らせていない。

「俺の話もしていると思いますが、聞かないのがマナーというものです」

「今度ニコラス君も呼んで、ぼくらもサロンを開いてみる？」

「……殴りあいになりそうなのでやめておきましょう」

「ぼく強いけど」

「倒す気でこないでください。あれでニコラスは剣術をなかなか使いますよ」

「君も変わったね」

ふふふ、とノエルは笑い声を漏らして立ちあがる。マロンに腕をさしのべると、マロンは素直にノエルの腕へと渡った。

「ぼくねえ、壁際でつまんなそうにしてる子が好みなんだよね」

「は？」

なんの話だと怪訝な顔になるルシアンを見上げ、ノエルはまた笑う。

「恋バナってやつ」

「好みが特殊すぎませんか」

「そうかなあ」

顎の下を撫でられたマロンがゴロゴロと音を立てる。やはり自分よりもノエルになついていることを見せつけられて、ルシアンは真顔になった。

「昔のぼくもそうだったから。だからね、ルシアンも嫌いじゃなかったよ」

叔父上たちも、穏和と言われる父ですら、末の異母妹ユミラを警戒していた。その空気を感じとって、ノエルの兄たちもルシアンを警戒した。

だから式典や王家主催の晩餐会に現れても、ルシアンはいつもつまらなそうに壁際にいて、ひと言もしゃべらずに帰っていった。

そんなルシアンを知っている人間からすれば、愛おしさをあふれさせた笑顔でマルグリットを溺愛している姿は感慨深いものがある。

「ぼくもいつかヴィオラをお姫様抱っこして帰りたいね」

くすくすと笑うノエルに、ルシアンは仕事をするふりをしてペンを手にとった。

# 第六章 ✦ 純白と海

最後にアンナが口紅を引いて、マルグリットの支度は終わった。

窓の外に広がる光景を、マルグリットは信じられない気持ちで眺めていた。けれども振り向いて鏡を覗き込めば、そこに映る自分の姿も信じられない。

前回ド・ブロイ領を訪れたときには、ルシアンは指輪を贈ってくれた。憧れの海を見られただけでも感動なのに、過分な幸せだと思ったものだ。

けれども今回の、これは。

「よく似合っているわよ、マルグリット！　さすがわたしがデザインしたドレスね」

腰に手をあて、鼻高々といった顔をしているのはシャロンだ。シャロンも彼女に似合うオレンジ色のドレスを着ている。すっきりとしたシルエットと、ちりばめられたコスモスのモチーフが可憐だ。

その正面でマルグリットが着ているのは、純白のドレス。光沢のある生地とレースが足元に広がり、袖や胸元には薔薇形のフリルがあしらわれたそれは、まごうことなきウェディング・ドレスだ。

「ラディシエで流行りのマーメイドラインを、カディナ産の絹で仕上げてみたの。レースはうちの商会お抱えの工房でね、このイヤリングはメレスン家の職人がカディナの技術を学んで作ったのよ。ブーケの花は蕾のうちに収穫して、水を絶やさず運ぶことで今朝ちょうど瑞々しい花が咲くようにしたの！」

語るシャロンはいきいきとしていて、マルグリットまで嬉しくなってしまう。

「わたしの採寸をしたのは……」

「そう、このためよ。セミオーダーのドレスももちろん作るけどね」

「でもよかったの？　ニコラス様とシャロンの立ちあげた商会のドレスを、初めて着るのがわたしで」

尋ねると、シャロンはにっこりと笑った。

「なに言ってるの、当然じゃない。ルシアン様にも最初からそう頼まれていたのよ」

「ルシアン様から……？」

「港の手配だけでなく、カディナの情勢を共有してくださったり、メレスン侯爵を説得してくださったりね。たくさんお世話になったわよ。すべてはマルグリットの花嫁姿のためだったのでしょうけど」

そんな前から、と思いかけて、マルグリットの脳裏に晩餐会の夜の記憶がよみがえった。

庭園のベンチで「けっ――」と言いかけて遮られたルシアンの言葉。

（あれは――……）

「とにかくこれはみんなの希望だから。さあ、行くわよ」

シャロンがさしだしたブーケを受けとると、アンナがドアを開けてくれた。

廊下にはルシアンとニコラスが待っていた。

ルシアンはシルバーのタキシード姿で、タイの首元にはふたりの結婚指輪にも選んだ蒼サファイアが輝く。胸に飾るブートニアは、マルグリットのブーケにあわせた小ぶりな白薔薇が二輪、リボンで結ばれていた。

細身のタキシードをすっきりと着こなすルシアンが、意外と鍛えあげられた身体であることを、マルグリットは身をもって知っている。

「かっこいいでしょう！」

真っ赤になってしまったマルグリットにシャロンが満足げに頷く。

ルシアンも、現れたマルグリットの姿にしばし放心していたようだったが、「きれいだ」とぽつりと呟いた。

「ルシアン様も……いつも以上に、かっこいいです」

自分の予想があたっていたことを、マルグリットは知った。

そうこれは、結婚式だ。

手をとりあい、甲板へ出ると、わあっと歓声があがった。

窓の外に見ていた光景がやはり夢ではなかったことを理解して、マルグリットの頬はますます紅潮した。

マルグリットたちがいるのは、巨大な帆船の甲板だ。メレスン家とミュレーズ家が共同出資して購入した帆船は、事業理念である〝最高のウェディング〟を象徴して真っ白な外装を持つ。

その初出港の祝いだとド・ブロイ領に連れてこられたマルグリットは、そのまま船内に用意されていたウェディング・ドレスに着替えることになったのだった。

甲板には、正装のアルヴァンとユミラがいた。アルヴァンに抱かれたマロンも今日はおめかしがわりに、リボンつきの首輪をつけている。

その隣には、同じく正装のノエルとヴィオラ。

彼らの背後には、エメラルドとサファイアの複雑に混じりあう色をした海原。どこまでも続く海は、遠くから風を運び、マルグリットの髪をやさしく揺らす。

そして陸地を振り返れば、港には多くの領民が集まっていた。

それぞれが手に、花を、リボンを、布を、旗を、思い思いのものを持って、船からも見えるように振りまわしている。

「船と陸地ならば危険はないだろうと思ってな、港を開放した。これほどに人が集まるとは想定外だったが……」

ルシアンが感慨深げに港を見まわす。

領主の結婚式などそうそうお目にかかる機会はない。しかも大型の新船のお披露目も兼ね、タダ酒までふるまわれるという話だ。

けれども、領民たちが詰めかけたのはそのためだけではない。

「あの方が、領主様！」

「代替わりをされたときもいらしてたが、男前だよねえ」

「その隣が、クラヴェル領との親交をとりもってくださったという奥様だ」

「よーく拝んでおかなきゃな」

領民たちが見たいのは、この一年たらずでド・ブロイ領に驚くほどの変化をもたらした〝マルグリット奥様〟なる人物。

クラヴェル家から令嬢が嫁いできたと聞いたとき、一度は混乱を覚悟したド・ブロイ領民たちであったが、予想に反してその後の暮らしは驚くほどに改善された。

顔の広い前領主アルヴァンが領地に腰を落ち着けたことで、クラヴェル領との諍いはすぐに解決されるようになった。それ以前に、クラヴェル領の者たちが略奪を仕掛けてくることも減った。

どうやら一部に発展の遅れた困窮地域があり、略奪はその地域の領民たちが中心に起こしていたのが、クラヴェル領も領主が交代して財政が改善されたらしい。

隣国カディナとの和平も成り、国境の緊張も解かれた。張りつめていた空気がゆるむのと同時に、領内の仕事にも手をかける余裕が生まれる。おかげで今年は豊作間違いなし、産業も順調なうえ、カディナとの交易も始まる。

こうした幸運はすべてマルグリットが嫁いできたところから始まっている気がする――と、詳細を知らないなりに、領民たちはマルグリットを尊敬しているのだった。

そのマルグリットは、歓声が自分へあてたものであることに気づかないまま、恥ずかしそうに手を振っていた。

ふと、マルグリットの隣で手を振っていたルシアンが動きを止めた。手をおろし目を凝らす姿に、マルグリットが首をかしげる。

「ルシアン様？　どうしたのですか？」

「いや……なんでもない」

視線を伏せたルシアンは、マルグリットの肩を抱きよせ、甲板へと向きなおった。

据えつけられたベンチにはアルヴァンとユミラに、マロン、ノエルとヴィオラ、ニコラスとシャロンがそれぞれ、アンナとクロエに給仕を受けながら座っていた。

「本日はお越しいただき、ありがとうございます」

ルシアンが頭をさげると、宴の始まりを察した彼らは立ちあがる。数は少ないが、彼らは立派な列席者だ。

「ここに集まった方々の前で、俺はあらためて誓います。生涯をかけてマルグリットを愛し、幸せにすることを」

朗々としたルシアンの声は、潮風にも攫われず、全員の耳に届いた。

マルグリットの左手を持ちあげると、ルシアンは指輪に口づける。

「俺とともに生きてほしい、マルグリット」

風になびく黒髪の合間から上目遣いに見つめられて、マルグリットは頬を赤らめた。

ルシアンはくり返しマルグリットに愛を示してくれる。マルグリットは照れてしまって、同じだけを返すことはできないけれども、でも今は勇気を出すべきときだということはわかった。

「わ……わたしも……」

ドレスの胸元をきゅっと握り、マルグリットは告げる。

「わたしも、生涯ルシアン様を愛し、幸せにすると誓います……！」

「――……」

身を起こそうとしていたルシアンの動きがぴたりと止まった。と思えば、視界は一瞬で遮られて。

「妻が愛おしすぎる……」

慌てて目を閉じたマルグリットの耳に、そんな言葉が聞こえてきた。

それと同時に、ふたりの唇が重なった。

　汽笛を鳴らして出港してゆく船を、領民たちは両手を振って見送った。

　その中にひとり、手も振らず、歓声もあげずにひっそりと立ち尽くしていた男がいた。

「見えましたかの、モーリス殿。わしにつきあってこんな場所で悪うございます」

　のびきらない腰に奮闘しながら椅子の上に立ちあがったのは、長い白髭を引きずりそうな老人。クラヴェル領の書記官である。

　身元が保証される者に限り、という制限付きではあるが、今日だけはクラヴェル領の領民たちもド・ブロイ領への通行を許されていた。

「見えました。ご老体は？」

「ふぉっふぉっふぉ。ここへきてから、目も霞んでいることを思いだしましてな。若い者の楽しげな声が聞けただけでよしとしましょう」

　モーリスは頷き、椅子からおりる書記官に手を貸してやった。

　遠くに見えたのは、たしかに一年前までともに暮らしていた娘だった。その隣に立つのは、王都での婚礼のときに会ったきりの、娘の夫。

　目があったような気がした途端、ルシアンは背を向けてしまった。

　最後にルシアンがなにを言ったのか、もちろん声が届くわけはないが、モーリスにはわかった。

地味で頭でっかちだとばかり思っていた娘は、いや思い込もうとしていた娘は、見違えるほどに美しくなり、そして幸せそうだった。

地面へ足をつけた書記官は、まがった腰に似合わぬ速度ですたすたと前を歩いていく。

ひょい、とその顔が振り向いて、モーリスを見上げた。

「モーリス殿の目はわしのように霞んではおられなかったようじゃな」

歩みを止めそうになった足を、モーリスは人込みの流れにあわせて進めた。

海洋へとのりだした船の甲板では、ささやかな宴が開かれていた——どころではなく、盛大な宴が行われていた。

どこに隠していたのかと思うほどに豪華な料理に、楽団まで現れて、海を眺めながら味わうフルコースは最高の贅沢だった。

「ルシアン……ルシアン、立派になって。マルグリットもきれいよ」

ハンカチに顔を埋めているのはユミラだ。すらりとしたユミラは濃い紫のドレスに身を包み、同じカラーのジャケットを着たアルヴァンの腕の中ですすり泣いている。

　アルヴァンも感動したまなざしでルシアンとマルグリットを見つめた。

「ありがとうございます、お義父様、お義母様」

「こちらこそありがとう、こうして晴れ姿を見せてくれて。……まあルシアンはマルグリットの花嫁姿が見たかっただけでしょうけれど……」

「……」

　さっくりと図星を突かれてルシアンは黙り込んだ。マルグリットが見惚れてくれるので自分の花婿姿も悪くはないと思うが、二度目の結婚式をした理由が「ウェディング・ドレスを着たマルグリットが見たい」以外にないので反論もできない。

「あのときは、結婚式のことを言おうとしていたのですね」

「ああ。正式なものは王都で挙げてしまったが、領地での披露目の名目ならと王家からも許可をとったんだ」

「ぼくが母上とルシアンのあいだに入ってね」

　ノエルがにこにこと笑う。婚姻は王家の許可をもって結ばれるものであるから、婚礼の儀式も王家の許可なく行うことはできない。正式な婚礼には王族関係者や司祭の立ちあいが必要だ。

　ただそこは、正式なものでなければ名目次第でどうとでもなる。

「それでルシアンとマルグリットへの借りが清算になるなら安いものじゃない？」

とエミレンヌもふたつ返事だった。

「チャラにする気はありませんが……」

「まあまあ、マルグリット夫人のドレスのためにぼくも骨を折ったんだから許してよ」

頷かないルシアンにノエルは苦笑を見せる。

そんなルシアンとノエルから離れ、ニコラスとシャロンの席に移りながら、マルグリットは冷や汗をかいていた。

「ノエル殿下もそんなに関わってくださったの……？」

「というかドレスのすべてよ」

シャロンが真剣な顔で言えば、ニコラスも真剣な、というかやや青ざめた顔で頷いた。

「カディナとの交渉の場には必ずヴィオラ王女を膝の上にのせて同席してくださっていたし、カディナ以外の国の流行を知りたいと言ったらラディシエの外遊に連れていってくださったし、依頼した仕事は想像の二倍の早さで返事がくるしな……」

「ヴィオラ様を膝の上にのせて……？？？」

「ヴィオラ王女はカディナの貴族や商会と顔見知りだろ、しかもリネーシュにくる前に新しいドレスを何十着も仕立てたらしくて、服飾関係の商会はみんな頭があがらないんだ」

それは、ノエルへの恋煩いで痩せ細ってしまった結果、これまでのドレスが着られなくなったせいだ……というのは当の本人たちと、ルシアン、マルグリットだけが知っている秘密だ。

「そのヴィオラ殿下が婚約者の膝の上でおとなしくなっているものだから、もう、わかるじゃない……察せられるじゃない……数年以内に王族の結婚式があるって」

儲けを逃してはならぬと、カディナの貴族はこぞって事業提携に乗り気になった。

「そうでなかったらそのドレスはまだあと半年は完成してなかった」

「恐ろしいお方よ、ノエル殿下は……」

「そのノエル殿下にあの態度をとれるルシアンもすごいぞ……さすが公爵」

ひそひそと語りあうニコラスとシャロンに、マルグリットは苦笑を浮かべる。

ルシアンがノエルに対して横柄ともいえる態度で接しているのは、公爵という地位に就いたからではなく、カディナの一件を通じてふたりのあいだに親交が芽生えたらしいからだ。近ごろのルシアンはときどき王宮へ顔を見せている。

よろこばしいことだと思う一方で、王宮から戻ってきたあとのルシアンは甘やかしが激しくなるので少し困ってもいる。

（あら）

考え込んでしまい視線をさげたマルグリットは、ニコラスとシャロンが互いの手を握りあっているのを見た。シャロンの指にはニコラスから贈られたのだという婚約指輪が光っている。ニコラスの指にも、お返しにとシャロンが贈った婚約指輪がある。

「ニコラス様は婚約していてもほかの令嬢が放っておかないでしょうから、婚約していることをおおっぴらにアピールしなければならないのよ」

シャロンがそう力説したあと、

「……まあ女性からも婚約指輪を贈るのが流行れば、儲けは二倍だからね」

とぼそりと呟いていたのを思いだす。

シャロンもニコラスも指輪を見ては相手の顔を見てはにかみあっているから、ふたりの幸せそうな顔を見ればみんな欲しがるのじゃないかしらとマルグリットは思った。

次にヴィオラのそばに行くと、クロエがグラスを渡してくれた。透明なグラスに炭酸の泡がふつふつと躍る。

「ヴィオラ様、事業もドレスもご協力いただいたとのこと。ありがとうございます」

礼を言うと、ヴィオラはふっと笑みを浮かべて遠い目をした。

「ノエル様のためならと思って引き受けたけど……みんな王宮出入りの商会なのよね、次からどんな顔して会えばいいのか……」

「それは……申し訳ありません」

「まあ、わたくしたちの結婚式でも使うでしょうから、仕方ないわよね」

自分に言い聞かせるようにヴィオラは頷き、マルグリットの背中を押した。

「花婿のところに行ってあげなさい。ノエル様を動かしてまで、あの人、よっぽどあなたの花嫁姿が見たかったんだから」

（みんなにそう思われているのね……）

ルシアンの隣へ戻ると、ルシアンはほほえみを浮かべて手をとってくれる。

「マルグリット」

「はい、ルシアン様」

ほほえみ返すと、ルシアンはなにかを耐えるような顔になり……耐えきれなかったらしく、マルグリットの手に口づけた。

「……もう一度キスしてもいいか？」

それが手の甲へのキスを指していないことは、マルグリットにもちゃんとわかった。

マルグリットを見つめるルシアンのまなざしは柔らかく、それでいて熱を孕んでいる。

誓いのキスは先ほど終わったはず、とは言えない。

顔を真っ赤にしながらもマルグリットは頷いた。

周囲からは、呆れとやさしさのまじったような視線を向けられている気がするが。

マルグリットしか見えていないとでもいうように、ルシアンは嬉しそうに笑うから、もう十分に愛されていることは実感しましたと言っても甘やかしが終わることはないのだろう。

顔をあげ、目を閉じたマルグリットの唇に、ふたたびキスが降ってくる。

その瞬間、ざあっと海風が吹いた。

いつのまにかシャロンたちの手には花びらの入った籠が握られていて、海と空の蒼に、色とりどりの花びらが舞う。

その真ん中で、マルグリットの純白のドレスが、人魚の尾のように閃いていた。

二度目の結婚式を終え、船は翌日にはカディィナの港へついた。記念すべき初交易ということで、それぞれ今後は連絡をとりあうだろう役人や商人たちに挨拶まわりをした。肝心の国境領の領主だけは、不正が露見したために王都に拘束されており、会うことはできなかったが。

ノエルはヴィオラとともにカディィナの王都へ行き、しばらく王宮に留まるらしい。

「これまでを見ていると取り調べがうまく進むかもわからないからね。干渉にならない程度に協力させてもらえたらと思っているんだ」

(柔らかく言っているけど、信用できないから見張りにきたってことよね)

ただ、そう言いながらもヴィオラの手をしっかりと握っているので、本心はまだヴィオラといたいだけかもしれない。

迎えの馬車にはヴィオラの胸のブローチと同じ、シェアライン王家の紋章が掲げられている。

馬車の前に立ち、ヴィオラはマルグリットの手を握った。

「本当にありがとう、マルグリット」

蜂蜜色のヴィオラの目は、涙に潤んで揺れている。マルグリットも泣いてしまいそうになるのを堪え、笑顔を見せた。

「わたくしが変われたのはあなたのおかげよ。王宮に戻っても勉強を続けるわ。わからないことがあったら手紙を書くから」

「はい、わたしも手紙を書きますね」

「それからね」

握ったままだったマルグリットの手を引きよせ、ヴィオラはこっそりと囁く。

「マルグリット、あなたはいいところがたくさんあるんだから、もっと自信を持ちなさい。夫に近づく女はみんな叩き潰せばいいわ」

「それは、ヴィオラ様が言うと冗談にならないような……」

叩き潰されそうになってなぜだか泣かせてしまった出会いを思いだし、マルグリットは眉をさげる。

「無礼な相手にはあれでいいのよ」

ヴィオラは身を離すとにこりと笑う。

「今度は王都まで遊びにきてね」

「ヴィオラがぼくと結婚してくれたらリネーシュでも暮らせるよ。さ、お手をどうぞ」

笑うノエルにヴィオラは顔を赤くしながら馬車に乗り込む。

（ああ、これ、馬車の中で「でろっでろ」にされるやつだ……）

自分の運命に気づいていないヴィオラを、マルグリットは遠い目になりながら見送った。

「ごきげんよう、ヴィオラ様」

「またお会いいたしましょう」

「ごきげんよう、マルグリット、シャロン、それに夫たち」

馬車の窓から手を振るヴィオラが見えなくなるまで、マルグリットとシャロンは手を振り返した。

最後まで名を呼んでもらえなかったうえにひとまとめにされたルシアンとニコラスは、無言で顔を見合わせた。

# エピローグ✦譲れないもの

季節は移り、王都に冬が訪れた。

雪の舞う夜でも、晩餐会の開かれる屋敷にはめかし込んだ貴族たちが集う。

今夜の会場はメレスン家の広間。この数か月のメレスン家は、次期当主ニコラスとミュレーズ家令嬢シャロンとの婚約発表に、ふたりによる貴族向けウェディングを基軸とした新事業、商会の設立、カディナとの交易――と、王都の噂の中心だ。おまけに晩餐会にはミュレーズ家も参加する。

躍進間違いなしの二家とのお近づきの機会。逃してなるものかと意気込んだ貴族たちで、広間は大賑わいだった。

「このままニコラスとシャロン嬢がおおいに成功してくれれば、俺たちへの興味はなくなるだろう」

壁に身をあずけてグラスを傾けつつ、ルシアンがぼやく。隣のマルグリットは困った顔でルシアンを見上げた。

今日のルシアンの出で立ちは、グレーのシャツに濃紺のジャケットという地味なものな

（装飾の少ない衣装だからこそ、ルシアン様自身の魅力がよくわかるわ……！）

とマルグリットは思う。整った顔立ちは不機嫌そうに壁の花に徹していても十分に人目を集めている。ただ本人がそれに気づいていないだけだ。貴族たちが興味を失う、なんてことはないと思う。

案の定、宴の興奮さめやらないいらしい令嬢が、大胆な足どりでルシアンへと近づいてきた。きつい香りをまき散らし、赤い紅を塗った唇をにんまりとたわめて、上目遣いにルシアンを見る。

「公爵閣下。わたくし聞いてしまいましたの。奥様とは政略結婚だとか。……もしかしてわたくしにも、チャンスがあるのではないかと思って」

結婚するまで社交の場にほとんど出たことがなく、家にこもってばかりで、政略結婚の道具にされた地味な妻。マルグリットのことは、そんなふうに聞いた。

しなを作りジャケットの袖に触れる令嬢を、ルシアンが睨みつけようとした、そのときだった。

反対側からのびてきた手が、ルシアンの代わりにそっと彼女の手を離した。

「――いいえ」

ルシアンの陰から現れたのは、亜麻色の髪をした夫人。顔立ちこそ派手さはないものの、シャロンのデザインした新流行のドレスをまとい、髪に花を飾った彼女は、とても地味だなどとは言えなかった。

むしろ表情には、華やかな自信があって。

一瞬ぽかんとした令嬢は、それからぞくりと走った悪寒に慄いた。

「申し訳ありませんが、夫はわたしを愛しています」

ルシアンの腕を引き、マルグリットはにこやかに笑う。けれども笑っているのは口元だけで、青い瞳は凍りつくような冷たい輝きを放っている。

「ひっ⁉　ま、魔王⁉」

暖炉で暖められているはずの空気も凍りついたような気がして、令嬢はむきだしの肩を抱きしめた。そんな彼女を、マルグリットはまっすぐに見つめる。

「おわかりいただけたでしょうか」

「は、はい……こちらこそ、申し訳、ありませんでした……」

「わかってくだされば問題ありません！」

本能的な恐怖にガタガタと震えながら謝罪を口にすれば、明るい返事といっしょに重たい空気はすっと消えた。マルグリットの怒りが解けたのだ、ということを直感で理解して、令嬢はそそくさと逃げだす。よくわからないけれど、ものすごく怖かった。

一方、いつもの笑顔に戻り令嬢を見送ったマルグリットは、心持ち胸を張りながらルシアンを仰ぎ見た。

(ちゃんと言えたわ！)

ルシアンに触れたため少々本気で怒ってしまったけれども、先に無礼を働いたのは向こうなのでそのくらいは許してもらおう。

「どうでしょう、ルシアン様。わたしも少しはもの申せるようになったで――」

すべてを言わないうちに、マルグリットの身体は抱きよせられてふわりと浮きあがった。目を閉じる暇もなく唇にキスが降ってくる。

「ル、ルシアン様!?」

慌てるマルグリットには、自分のなにがルシアンのハートを撃ち抜いてしまったのかわからない。

(毅然とした態度というものを、とってみたつもりなんだけど……!?)

褒められると思ったらキスをされてしまった。おまけにキスは終わっていなくて、今度はまぶたや頬や額に落ちてくる。

広間にざわめきが走っていくのをマルグリットは感じた。シャロンの「まあまあ」という声まで聞こえてくる。

「ルシアン、マルグリット夫人が困ってるぞ」

マルグリットよりもよほど困っていそうな声色のニコラスが助け船を出してようやく、

ルシアンは長い長いため息をついてマルグリットを解放してくれた。

「……すまない。マルグリットがかわいすぎてつい気持ちが抑えられず……」

整えた髪をくしゃりとかき乱し、頬を赤らめてルシアンはうつむく。一応、暴走してしまったという反省はあるらしい。

うなだれるルシアンの表情に、マルグリットの心臓もきゅんと音を立てた。

「わたしも、わかります。いつもそうです」

マルグリットの生活は、ルシアンで彩られている。

だから、なにをしていてもルシアンのことを考えてしまう。ルシアンとの記憶がよみがえってきてしまう。

「わたし、ルシアン様のことが大好きなんだなあって……」

そう思ったら、心がぽかぽかして、ルシアンに会いたくなってしまう。

そんな気持ちになれることが、嬉しくて。

照れくさそうに頬を染めたマルグリットが、ルシアンに笑いかける。

「ルシアン様も同じ気持ちでいてくださるなら、嬉しいです」

「――……」

無言のままルシアンの腕がのびてきてマルグリットの腰をすくいあげた、と思う間に横抱きにされた。なんだかルシアンの目が据わっている、ような気がする。

「今のはマルグリットが悪いわね」

「うんちょっと今のは俺たちもフォローしきれない」

「え⁉　あれ⁉」

「だいたいの挨拶もすんだだろう、もう帰ってもいいぞ。今日はきてくれてありがとうな」

「ごきげんよう、マルグリット。また遊びにいくわね」

「ええええ⁉」

助けを求めた親友たちは、諦めなさいとあっさり手を振った。

またもや広間じゅうの注目を集めて、ルシアンとマルグリットは辞去する羽目になった。

そういう夫婦だと思われたらどうしようと心配になって、そういえば屋敷でもよく膝の上にのせられているからそういう夫婦だったと気づいたマルグリットは恥ずかしさのあまり目に涙を浮かべた。

「――屋敷に戻ったら」

ぷるぷる震えるマルグリットの額にキスを落とし、ルシアンは囁く。

「覚悟しておけ」

（なにを⁉）

心の中の盛大な叫びは、怖くて声に出せない。

（……もう迂闊なことは言わないようにしなくちゃ……）

それでも。

自分を抱きあげ足早に歩くルシアンの、なびく黒髪だとか、その合間に見える深海色の瞳だとか、通った鼻すじだとか、なにより楽しそうにゆるむ唇を見ていたら、

（やっぱりルシアン様が一番かっこいいわ）

そう思ってしまうから、たぶんどうにもならないのだろう。

完

# あとがき

　こんにちは、杓子ねこと申します。

『政略結婚の夫に「愛さなくて結構です」と宣言したら溺愛が始まりました』第二巻になります。お手にとっていただき、まことにありがとうございます！

　読者の皆様の応援により、続編を出すことができました。重ねて御礼申し上げます。

　一巻はマルグリットとルシアンがなんやかんやあって想い通じあうところまで……でしたので、二巻ではこんなのも書けたらいいな～と妄想していたあれこれを詰め込んで書かせていただきました！

　ひとつ目は、シャロンとニコラスのその後。それぞれの性格や背景なども一巻より出せたと思います。マルグリット&ルシアンとはまた違った性格のふたりなので、彼女らの恋を書くのはとても楽しかったです。

　ふたつ目は、一巻では謎多き存在になっていたノエルのお話。こちらもノエルの性格やちょっとした過去、「ノエルの好きなタイプ」を体現したヴィオラというキャラクターを形にできてよかったです。

最後のみっつ目は、そんなノエルに負けないくらい愛の深さを見せつけたルシアンです。一巻のあとがきでも、ルシアンは愛し方を学んだら素直に出してくるはず、というようなことを書いたのですが、そのとおりになりました。マルグリットをドキドキさせることができて私も大変に満足です。書くの楽しかったなー！

想いが通じあって恋人になったあとの照れ照れを書くのも大好きです。

イラストは一巻に引き続きＮｉＫｒｏｍｅ先生にご担当いただきました。もう本当に表紙のマルグリットとルシアンがかわいくて格好よくて……。一巻とはまた違った表情や距離感のふたりを、本文や挿絵でもぜひ楽しんでいただければと思います。

初めての書き下ろし続刊に慣れない私に、スケジュール面などご尽力いただいた担当編集様、ありがとうございました。

そして、一番の感謝を読者の皆様に。一巻で「もうちょっとこの話が読みたいな、このキャラたちが見たいな」と思ってくださった皆様に、この二巻が届けば幸せです！

では、またどこかでお会いできることを願いつつ。

二〇二三年十一月　杓子ねこ

■ご意見、ご感想をお寄せください。
《ファンレターの宛先》
〒102-8177 東京都千代田区富士見 2-13-3
株式会社KADOKAWA ビーズログ文庫編集部
杓子ねこ 先生・NiKrome 先生

●お問い合わせ
https://www.kadokawa.co.jp/（「お問い合わせ」へお進みください）
※内容によっては、お答えできない場合があります。
※サポートは日本国内のみとさせていただきます。
※Japanese text only

# 政略結婚の夫に「愛さなくて結構です」と宣言したら溺愛が始まりました 2

杓子ねこ

2023年12月15日 初版発行

| | |
|---|---|
| 発行者 | 山下直久 |
| 発行 | 株式会社 KADOKAWA<br>〒102-8177 東京都千代田区富士見 2-13-3<br>（ナビダイヤル）0570-002-301 |
| デザイン | 世古口敦志＋丸山えりさ（coil） |
| 印刷所 | TOPPAN株式会社 |
| 製本所 | TOPPAN株式会社 |




ISBN978-4-04-737757-8 C0193


定価はカバーに表示してあります。

◇◇◇